中外名家经典作品选

大学卷

兰东辉/主编

当代世界出版社

图书在版编目(CIP)数据

中外名家经典作品选·大学卷 / 兰东辉主编. -- 北京：当代世界出版社，2012.7

ISBN 978-7-5090-0827-0

Ⅰ.①中… Ⅱ.①兰… Ⅲ.①随笔-作品集-世界 Ⅳ.①I16

中国版本图书馆 CIP 数据核字(2012)第 059704 号

书　　名：中外名家经典作品选·大学卷
出版发行：当代世界出版社
地　　址：北京市复兴路 4 号（100860）
网　　址：http://www.worldpress.com.cn
编务电话：（010）83908456
发行电话：（010）83908410（传真）
（010）83908408
（010）83908409
（010）83908423（邮购）
经　　销：新华书店
印　　刷：三河市汇鑫印务有限公司
开　　本：710 mm×1000 mm　1/16
印　　张：12.5
字　　数：130 千字
版　　次：2012 年 7 月第 1 版
印　　次：2012 年 7 月第 1 次
书　　号：ISBN 978-7-5090-0827-0
定　　价：24.80 元

目录

从沙滩到未名湖（节选）

汤一介

现在回忆起我的学生读书生活，用“感谢我的教师们”几个字来表达我的感情是远远不够的，也许可以说，他们给我的“知识”和“治学态度”是我一生受用不尽的，是中国知识分子的精神财富。

人能活到一百岁是很少很少的，而我现在已经七十多岁了，算起来我和北大的关系少说也有四十五年以上，如果从广泛的意义上说就超过六十年了，这就是说我大半辈子是在北大度过的，说我是“北大人”是绝无问题的。北大的一百年是从沙滩到未名湖，我的几十年也是从沙滩到未名湖，这两个地方给我留下多少回忆和梦想！

如果概括起来说，在北大有我无忧无虑的童年，有我热情追求的青年，有我提心吊胆的中年，现在我已进入回忆思考的老年了。在这世纪之末，在这北大百年校庆即将到来之时，我回忆什么？我思考什么？我又梦想什么？说真的，我常常回忆的是沙滩追求知识的学生生活；我在未名湖畔常常思考的是二十一世纪中国哲学向何处去；我所梦想的是何时北大能成为一所真正思想自由、学术自由的世界第一流大学。

当我回想起沙滩北大的学习生活时，从我心中就会流出对那些教过我的教师们无限崇敬之情。

废名（冯文炳）先生教我们大一国文。第一堂课讲鲁迅的《狂人日记》，废名先生一开头就说："我对鲁迅《狂人日记》的理解比鲁迅自己深刻得多。"这话使我大吃一惊，于是不得不仔细听他讲了。我们每月要做一次作文，不少学生都喜欢废名先生的文章风格，写作也就模仿他的风格。先生发作文要一篇一篇地评论，有次我写了篇题目是《雨》的散文，我自以为写得不错，颇似先生风格。废名先生发文说："你的文章有个别字句还可以，但全篇就像雨点落地一样，全无章法。"同学们哄堂大笑，我面红耳赤。接着发一篇一位女同学的文章，先生说："你的文章最好，像我的文章，不仅形似，而且神似，优美、清新、简练。"先生就是这样可亲、可敬、可爱。有一次废名先生给我们讲"练句"，他举出他的小说《桥》上的一段为例，这段是描写夏日太阳当空照得大地非常非常热，而在一棵枝叶茂密的大树下有个乘凉的人，他用了一句"日头争不入"来形容当时树下的凉意，他说："你们看，我这句构造得多么美妙呀！”冯文炳先生就是这样一位天真的性情中人，他的喜怒哀乐都是那么的可爱，那么的自然。我听季羡林先生讲到废名和熊十力先生的故事。在沙滩北大，废名和熊十力住在松公府后院，两门相对，常因对佛教的看法不同而争吵。有一次两人吵着吵着，忽然没有声音了，季先生很奇怪走去一看，原来两个互相卡住对方的脖子而发不出声音了，真是“此处无声胜有声”，使我神往。熊十力先生的哲学著作，废名先生的诗、散文、小说，都无疑是那个时代的高峰。他们两位又都无疑是那个时代的最有真性情的人。然而很可惜他们都在文化大革命中死于非命。

我选修梁思成先生的《中国建筑史》是由于有次在书摊上买到一本《营造法式》，读到梁先生的文章，它引起了我很大兴趣，于是我就选了这门课。梁先生讲课生动、具体。有一次他讲到他考察五台山佛光寺的情况，给我非常深刻的印象。梁先生为了证实这座寺庙是在我国现存的最早的木结构建筑，他就自己爬到大殿的梁上去找寻上面写的年代，当他发现是唐代纪年，太高兴了，不小心从上面摔下受伤，梁先生风趣地对我们说：“证实这座大殿是现存唐朝的木结构建筑对研究中国建筑史意义太大了，摔伤也值得。”经过近五十年的风风雨雨，我当时上课记的笔记大多散失，而我记的梁先生《中国建筑史》的笔记至今还保存着，这大概是梁先生那种对自己学术事业的奉献精神，使我特别珍视这本笔记吧！

我作为一名哲学系的学生选修外语系《英国文学史》困难自

然是很大的。这门课是由俞大缜教授讲，讲课用英文，回答问题用英文，考试也要用英文，无论我如何用心听课，还是有不少地方听不懂。俞大缜先生知道我是哲学系的学生，常常特别问我听懂没有，我说不大懂，她就又给我们重讲一遍。下了课她常把我们两三个非外语系的学生留下，告诉我们回去读教材的第几页到第几页，她还说："你们有问题就问，我不会嫌麻烦。"俞先生为了让我提高英文阅读能力，她把英文本的《维多利亚女王传》借给我，叫我与中译本对照看。在俞先生的帮助和鼓励下，我总算坚持学下来，并且考试得了 64 分。今天，我回想起沙滩的学生生活，俞大缜先生对学生的亲切关怀，使我深深感到能遇到这样的好教师真是大大的幸运！

现在回忆起我的学生读书生活，用"感谢我的教师们"几个字来表达我的感情是远远不够的，也许可以说，他们给我的"知识"和"治学态度"是我一生受用不尽的，是中国知识分子的精神财富。"回忆"可以是没完没了的，但有意义的回忆也并不太多，我应该到此为止了。

在二十世纪，中国哲学可以说遇到了三个相互联系的问题：如何看中国传统哲学；如何看西方哲学；如何创建中国的新哲学。这是近二十年，特别是近几年在未名湖北大"思考"的问题。二十世纪中国哲学在西方哲学的冲击下，中国哲学是处于一解体与重构的过程之中，我们必须引进和学习西方哲学，又同时必须对中国传统哲学进行清理和诠释。关于"如何看中国传统哲学"的问题，我曾写过一些文章讨论过，特别是在那本《在非有非无之问》叙述“我的学思历程”一书中，有一章四万多字的“对中国哲学的哲学思考”中，比较概括地说了我的看法。我是对中国传统哲学的概念、命题、体系等方面作了一总体上的分析，当然这还只是一纲要式的研究，如果有条件我会写一本比较大的书，这里不多说了。最近我应首都师范大学出版社之约，他们要我主编一部二百至三百万字的《二十世纪西方哲学东渐史》，并附二、三百万字的资料，我约请了国内十几位同行和我一起完成这项大工程，这部书共分十二册，我自己写的最后一册是《中国本土文化视野下的西方哲学》。我为什么愿意主编这部书，并且写最后一本呢？这就是我企图对前面提到的第二个问题“如何看西方哲学”作一点系统的研究。

二十世纪西方哲学的输入中国，可以说和北大有着密切的关系，最早有曾任北大校长的严复，是他输入了西方的进化论，其后有鲁迅之与尼采，梁漱溟之与柏格森，李大钊、陈独秀之与马克思主义，胡适之与实用主义，丁文江之与科学主义，张颐、贺麟之与黑格尔哲学、汤用彤之与欧洲大陆理性主义和英国经验主义，朱光潜之与克罗齐，熊十力之与怀德海，郑昕之与康德哲学，陈康之与希腊哲学，洪谦之与维也纳学派，熊伟之与现象学等等。八十年代以来，北大又是输入西方现代哲学的重镇，有研究分析哲学的，有研究存在主义的，有研究现象学的，有研究科学哲学的，有研究解释学的，有研究结构主义、后结构主义、后现代主义的，这是又一次西方哲学的大输入。就北大来说，前一次西方哲学的输入在沙滩北大，这一次的输入则是在未名湖的北大了。

这些学者，无论是五十年代前的，还是八十年代后的，他们或翻译，或介绍，或研究，或批评，或回应，或会通，都做出不少贡献。因此，我想总结一下二十世纪西方哲学的输入，大概会对在二十一世纪创建中国的新哲学体系是件有意义的事吧！同时，这可以说会对分析和了解北京大学学术发展的道路也是一件有意义的事吧！

心香一瓣

北大是一部厚重的书，一首意味深长的诗，一幅意味隽永的画。

从沙滩到未名湖，北大的百年变迁，见证的是中国社会历史和文化思潮的变迁。

生命里能与这样的一所学府相遇相知、共同成长，不是人生的一种特殊际遇吗？人生的境界，会慢慢变得宏阔起来。

作者简介

汤一介（1927— ），生于天津，湖北黄梅人。1951 年毕业于北京大学哲学系。现任北京大学哲学系教授，中国哲学与文化研究所所长，博士生导师。

红楼点滴（节选）

张中行

学生还有不买票的自由，不过只要买了票，进场入座，不管演者有什么奇怪的唱念做，学生都不会喊倒好，因为红楼的风气是我干我的，你干你的，各不相扰。

我是在中等学校念了六年走入北京大学的，深知充任中学教师之不易。没有相当的学识不成；有，口才差，讲不好也不成；还要有差不多的仪表，因为学生不只听，还要看。学生好比是剧场的看客，既有不买票的自由，又有喊倒好的权利。戴着这种旧眼镜走入红楼，真是面目一新，这里是只要学有专长，其他一切都可以凑合。自然，学生还有不买票的自由，不过只要买了票，进场入座，不管演者有什么奇怪的唱念做，学生都不会喊倒好，因为红楼的风气是我干我的，你干你的，各不相扰。举几件还记得的小事为证。

一件，是英文组，我常去旁听。一个外国胖太太，总不少于五十多岁吧，课讲得不坏，发音清朗而语言流利。她讲一会总要让学生温习一下，这一段空闲，她坐下，由小皮包里拿出小镜子、粉和胭脂，对着镜子细细涂抹。这是很不合中国习惯的，因为是“老”师，而且在课堂。我第一次看见，简直有点愕然；及至看看别人，都若无其事，也就恢复平静了。

另一件，是顾颉刚先生，那时候他是燕京大学教授，在北京大学兼课，讲《禹贡》之类。顾先生专攻历史，学问渊博，是疑古队伍中的健将；善于写文章，下笔万言，凡是翻过《古史辨》的人都知道。可是天道吝啬，与其角者缺其齿，口才偏偏很差。讲课，他总是意多而言语跟不上，吃吃一会，就急得拿起粉笔在黑板上疾书。写得速度快而字清楚，可是无论如何，较之口若悬河总是很差了。我有时想，要是在中学，也许有被驱逐的危险吧？而在红楼，大家就处之泰然。

又一件，是明清史专家孟心史（森）先生。我知道他，起初是因为他是一桩公案的判决者。这是有关《红楼梦》本事的。很多人都知道，研究《红楼梦》，早期有“索隐”派，如王梦阮，说《红楼梦》是影射清世祖顺治和董鄂妃的，而董鄂妃就是秦淮名妓嫁给冒辟疆的董小宛。这样一比附，贾宝玉就成为顺治的替身，林黛玉就成为董小宛的替身，真是说来活灵活现，像煞有介事。孟先生不声不响，写了《董小宛考》，证明董小宛生于明朝天启四年，比顺治大十四岁，董小宛死时年二十八，顺治还是十四岁的孩子。结果判决：不可能。我是怀着看看这位精干厉害人物的心情才去听他的课的。及至上课，才知道，从外貌看他是既不精干，又不厉害。身材不高，永远穿一件旧棉布长衫，面部沉闷，毫无表情。专说他的讲课，也是出奇的沉闷。有讲义，学生人手一编。上课钟响后，他走上讲台，手里拿着一本讲义，拇指插在讲义中间。从来不向讲台下看，也许因为看也看不见。应该从哪里念起，是早已准备好，有拇指作记号的，于是翻开就照本慢读。我曾检验过，耳听目视，果然一字不差。下课钟响了，把讲义合上，拇指仍然插在中间，转身走出，还是不向讲台下看。下一课仍旧如此，真够得上是坚定不移了。

又一件，是讲目录学的伦哲如（明）先生。他知识丰富，不但历代经籍艺文情况熟，而且，据说见闻广，许多善本书他都见过。可是有些事却胡里胡涂。譬如上下课有钟声，他向来不清楚，或者听而不闻，要有人提醒才能照办。关于课程内容的数量，讲授时间的长短，他也不清楚，学生有时问到，他照倒答："不知道。"

最后说说钱玄同先生。钱先生是学术界大名人，原名夏，据说因为庶出受歧视，想扔掉本姓，署名"疑古玄同"。早年在日本，也是章太炎的弟子。与鲁迅先生是同门之友，来往很密，并劝鲁迅先生改钞古碑为写点文章，就是《呐喊·自序》称为"金心异"的（案此名本为林琴南所惠赐）。他通文字音韵及国学各门。最难得的是在老学究的队伍里而下笔则诙谐讽刺，或说嬉笑怒骂，他是师范大学教授，在北京大学兼课，讲"中国音韵沿革"。钱先生有口才，头脑清晰，讲书条理清楚，滔滔不绝。我听了他一年课，照规定要考两次。上一学期终了考，他来了，发下考卷考题以后，打开书包，坐在讲桌后写他自己的什么。考题四道，旁边一个同学告诉我，好歹答三道题就交吧，反正没人看。我照样做了，到下课，果然见钱先生拿着考卷走进教务室，并立刻空着手出来。后来知道，钱先生是向来不判考卷的，学校为此刻一个木戳，上写“及格”二字，收到考卷，盖上木戳，照封面姓名记入学分册，而已。这个办法，据说钱先生曾向外推广，那是在燕京大学兼课，考卷不看，交与学校。学校退回，钱先生仍是不看，也退回。于是学校要依法制裁，说如不判考卷，将扣发薪金云云。钱先生作复，并附钞票一包，云：薪金全数奉还，判卷恕不能从命。这次争执如何了结，因为没有听到下回分解，不敢妄说。总之可证，红楼的容忍风气虽然根深蒂固，想越雷池一步还是不容易的。

心香一瓣

北大向来以“思想自由、兼容并包”的校风闻名于海内外。从本文的描述中，我们能真切地感受到当年北大自由而绝非毫无规章约束的学习风气。

看似散漫而又不乏严正的校风，折射的却是一种治学处世的态度。

在真理和原则面前绝不容忍退让，在生活方面不拘小节，这就是北大师生能始终走在时代前沿的原因。

作者简介

张中行（1909—2006），著名学者、哲学家，散文家。原名张璇，字仲衡。河北香河人。1935 年毕业于北京大学中国语言文学系。新中国成立后，就职于人民教育出版社任编辑。他涉猎广泛，遍及文史哲诸多领域。代表作有《负暄琐话》、《负暄续话》、《负暄三话》、《禅外说禅》、《顺生论》等。

受教于名师（节选）

张中行

享用是这样不在意，可是说起学问，就走向另一极端，过于认真。

熊十力学术上决不让步

我最初见到熊先生是三十年代初期，他在北京大学讲佛学，课程的名字是“新唯识论”吧，选这门课的人很少。我去旁听几次，觉得莫测高深，后来就不去了。交往多是四十年代后期，他由昆明回来，住在北京大学红楼后面，我正编一种佛学期刊，请他写文章，他写了连载的《读智论抄》。解放以后，他仍在北京大学，可是不再任课，原因之小者是年老，大者，我想正如他自己所说，他还是唯心论。

熊先生的可贵是凡有所知所信必能“行”。他是治学之外一切

都不顾的人，所以住所求安静，常常是一个院子只他一个人住。三十年代初期，他住在沙滩银闸路西一个小院子里，门总是关着，门上贴一张大白纸，上写，近来常常有人来此找某某人，某某人以前确是在此院住，现在确是不在此院住。我确是不知道某某人在何处住，请不要再敲此门。看到的人都不禁失笑。五十年代初期他住在银锭桥，熊师母在上海，想到北京来住一个时期，顺便逛逛，他不答应。我知道此事，婉转地说，师母来也好，这里可以有人照应，他毫不思索地说："别说了，我说不成就是不成。"师母终于没有来。后来他移住上海，是政协给找的房，仍然是孤身住在外边。

不注意日常外表，在我认识的前辈里，熊先生是第一位。衣服像是定做的，样子在僧与俗之间。袜子是白布的，高筒，十足的僧式。屋里木板床一，上面的被褥等都是破旧的。没有书柜，书放在破旧的书架上。只有两个箱子，一个是柳条编的，几乎朽烂了。另一个铁皮的，旧且不说，底和盖竟毫无联系。且说这个铁箱，他回上海之前送我了，七十年代我到外地流离，带着它，返途嫌笨重，扔了。

享用是这样不在意，可是说起学问，就走向另一极端，过于认真。他自信心很强，简直近于顽固，在学术上决不对任何人让步。

对于弟子辈，熊先生就更不客气了，要求严，很少称许，稍有不合意就训斥。据哲学系的某君告诉我，对于特别器重的弟子，他必是常常训斥，甚至动手打几下。我只受到正颜厉色的训导，可证在老师的眼里是宰予一流人物。谈起训斥，还可以说个小插曲。一次，是热天的过午，他到我家来了，妻恭敬地伺候，他忽然看见窗外遮着苇帘，严厉地对妻说："看你还聪明，原来糊涂。"这突如其来的训斥使妻一愣，听下去，原来是阳光对人有益云云。

多少年来，我总是怀着"虽不能之而心向往之"的心情同他交往。他终于要离开北京，我远离严师，会怎么样呢？我请他写几句话，留作座右铭，他写："每日于百忙中，须取古今大著读之。至少数页，毋间断。寻玩义理，须向多方体究，更须钻入深处，勿以浮泛知解为实悟也。甲午十月二十四日于北京什刹海寓写此。漆园老人。"并把墙上挂的一幅他自书的条幅给我，表示惜别。这条幅，十年动乱中与不少字轴画轴一同散失。幸而这座右铭还在，它使我能够常常对照。

俞平伯循循善诱

我一九三一年考入北京大学，念国文系。任课的有几位比较年轻的教师，俞平伯先生是其中的一位。记得他的本职是在清华大学，到北大兼课，讲诗词。词当然是旧的，因为没有新的。诗有新的，其时北大的许多人，如周作人、刘半农等，都写新诗，俞先生也写，而且印过名为《冬夜》的新诗集，可是他讲旧的，有一次还说，写新诗，摸索了很久，觉得此路难通，所以改为写旧诗。我的体会，他所谓难通，不是指内容的意境，是指形式的格调。

第一次上课，也是我第一次见到，觉得与闻名之名不相称。由名推想，应该是翩翩浊世之佳公子，可是外貌不是。身材不高，头方而大，眼圆睁而很近视，举止表情不能圆通，衣着松散，没有笔挺气。但课确是讲得好，不是字典式的释义，是说他的体会，所以能够深入，幽思连翩，见人之所未见。我惭愧，健忘，诗，词，听了一年或两年，现在只记得解李清照名句“帘卷西风，人比黄花瘦”的一点点，是：“真好，真好！至于究竟应该怎么讲，说不清楚。”他的话使我体会到，诗境，至少是有些，只能心心相印，不可像现在有些人那样，用冗长而不关痛痒的话赏析。俞先生的诸如此类的讲法还使我领悟，讲诗词，或扩大到一切文体，甚至一切人为事物，都要自己也曾往里钻，尝过甘苦，教别人才不至隔靴搔痒。

接着说听他讲课的另一件事，是有一次，入话之前，他提起研究《红楼梦》的事。他说他正在研究《红楼梦》，如果有人也有兴趣，可以去找他，共同进行。据我所知，好像没有同学为此事去找他。

转而说课堂下的关系，那就多了。荦荦大者是读他的著作。点检书柜中的秦火之余，不算解放后的，还有《杂拌儿》、《杂拌儿之二》、《燕知草》、《燕郊集》、《读诗札记》、《读词偶得》。前四种是零篇文章的集印，内容包括多方面。都算在一起，戴上旧时代的眼镜看，上，是直到治经兼考证，中，是阐释诗词，下，是直到写抒情小文兼谈宝、黛。确是杂，或说博；可是都深入，说得上能成一家之言。

俞先生大概不能画，但字写得很好。四十年代中期，我的朋友华粹深与俞先生过从较密。其时俞先生住朝阳门内老君堂老宅，我托他带去一个折扇面，希望俞先生写，许夫人画，所谓夫妇合作。过些时候拿回，有字无画。据华君说，许夫人及其使女某都能画，出于使女者较胜，也许就是因此，真笔不愿，代笔不便，所以未着笔。也是这个时期，华君持来俞先生赠的手写五言长诗《遥夜闺思引》的影印本。诗长近五千言，前有骈体的长自序，说明作诗的原由。其中如这样的话："仆也三生忆杳，一笑缘坚(悭)，早堕泥犁，迟升兜率。况乃冥鸿失路，海燕迷归。过槐屋之空阶，宁闻语屧；想荔亭之秋雨，定湿寒花。未删静志之篇，待续闲情之赋。此《遥夜闺思引》之所由作也。"(原无标点) 我每次看到，就不由得想到庾子山和晏几道。

是四十年代后期，我受一出家友人之托，编一种研究佛学的月刊《世间解》，请师友支援，其中当然有俞先生。俞先生对于弟子，总是守"循循然善诱人"的古训，除了给一篇讲演记录之外，还写了一篇《谈宗教的精神》。这篇文章不长，但所见深而透，文笔还是他那散文一路，奇峭而有情趣。俞先生很少谈这方面的内容，所以知道他兼精此道的人已经很少了。

心香一瓣

名师出高徒。那么，什么样的老师才算是好老师呢？

学为人师，行为世范。好老师，除了有广博的学识之外，还要能为人师表，做学生攀登知识高峰的引路人，做学生践行道德规范的表率。

好老师，还必有独特的人格魅力。他不必完美，却一定有着自己的教育作风，走得进学生的心里，影响着学生的人生观。

成长不可无师。师者，必定把学生的成才放在首位。

作者简介

张中行（1909—2006），著名学者、哲学家，散文家。原名张璇，字仲衡。河北香河人。1935 年毕业于北京大学中国语言文学系。新中国成立后，就职于人民教育出版社任编辑。他涉猎广泛，遍及文史哲诸多领域。代表作有《负暄琐话》、《负暄续话》、《负暄三话》、《禅外说禅》、《顺生论》等。

就任北京大学校长演说

蔡元培

苟德之不修，学之不讲，同乎流俗，合乎污世，己且为人轻侮，更何足以感人。

五年前，严几道先生为本校校长时，余方服务教育部，开学日曾有所贡献于同校。诸君多自预科毕业而来，想必闻知。士别三日，刮目相见，况时阅数载，诸君较昔当必为长足之进步矣。予今长斯校，请更以三事为诸君告。

一曰抱定宗旨。诸君来此求学，必有一定宗旨，欲求宗旨之正大与否，必先知大学之性质。今人肄业专门学校，学成任事，此固势所必然。而在大学则不然，大学者，研究高深学问者也。外人每指摘本校之腐败，以求学于此者，皆有做官发财思想，故毕业预科者，多入法科，入文科者甚少，入理科者尤少，盖以法科为干禄之终南捷径也。因做官心热，对于教员，则不问其学问之浅深，惟问其官阶之大小。官阶大者，特别欢迎，盖为将来毕业有人提携也，现在我国精于政法者，多入政界，专任教授者甚少，故聘请教员，不得不聘请兼职之人，亦属不得已之举。究之外人指摘之当否，姑不具论。然弭谤莫如自修，人讥我腐败，而我不腐败，问心无愧，于我何损？果欲达其做官发财之目的，则北京不少专门学校，入法科者尽可肄业法律学堂，入商科者亦可投考商业学校，又何必来此大学？所以诸君须抱定宗旨，为求学而来。入法科者，非为做官；入商科者，非为致富。宗旨既定，自趋正轨。诸君肄业于此，或三年，或四年，时间不为不多，苟能爱惜分阴，孜孜求学，则其造诣，容有底止。若徒志在做官发财，宗旨既乖，趋向自异。平时则放荡冶游，考试则熟读讲义，不问学问之有无，惟争分数之多寡；试验既终，书籍束之高阁，毫不过问，敷衍三四年，潦草塞责，文凭到手，即可借此活动于社会，岂非与求学初衷大相背驰乎？光阴虚度，学问毫无，是自误也。且辛亥之役，吾人之所以革命，因清廷官吏之腐败。即在今日，吾人对于当轴多不满意，亦以其道德沦丧。今诸君苟不于此时植其基，勤其学，则将来万一因生计所迫，出而任事，担任讲席，则必贻误学生；置身政界，则必贻误国家。是误人也。误己误人，又岂本心所愿乎？故宗旨不可以不正大。此余所希望于诸君者一也。

二曰砥砺德行。方今风俗日偷，道德沦丧，北京社会，尤为恶劣，败德毁行之事，触目皆是，非根基深固，鲜不为流俗所染，诸君肄业大学，当能束身自爱。然国家之兴替，视风俗之厚薄。流俗如此，前途何堪设想。故必有卓绝之士，以身作则，力矫颓俗。诸君为大学学生，地位甚高，肩此重任，责无旁贷，故诸君不惟思所以感已，更必有以励人。苟德之不修，学之不讲，同乎流俗，合乎污世，己且为人轻侮，更何足以感人。然诸君终日伏首案前，芸芸攻苦，毫无娱乐之事，必感身体上之苦痛。为诸君计，莫如以正当之娱乐，易不正当之娱乐，庶于道德无亏，而于身体有益。诸君入分科时，曾填写愿书，遵守本校规则，苟中道而违之，岂非与原始之意相反乎？故品行不可以不谨严。此余所希望于诸君者二也。

三曰敬爱师友。教员之教授，职员之任务，皆以图诸君求学便利，诸君能无动于衷乎？自应以诚相待，敬礼有加。至于同学共处一堂，尤应互相亲爱，庶可收切磋之效。不惟开诚布公，更宜道义相励，盖同处此校，毁誉共之，同学中苟道德有亏，行有不正，为社会所訾詈，已虽规行矩步，亦莫能辩，此所以必互相劝勉也。余在德国，每至店肆购买物品，店主殷勤款待，付价接物，互相称谢，此虽小节，然亦交际所必需，常人如此，况堂堂大学生乎？对于师友之敬爱，此余所希望于诸君者三也。

余到校视事仅数日，校事多未详悉，兹所计划者二事：一曰改良讲义。诸君既研究高深学问，自与中学、高等不同，不惟恃教员讲授，尤赖一己潜修。以后所印讲义，只列纲要，细微末节，以及精旨奥义，或讲师口授，或自行参考，以期学有心得，能裨实用。二曰添购书籍。本校图书馆书籍虽多，新出者甚少，苟不广为购办，必不足供学生之参考。刻拟筹集款项，多购新书，将来典籍满架，自可旁稽博采，无虞缺乏矣。今日所与诸君陈说者只此，以后会晤日长，随时再为商榷可也。

心香一瓣

蔡元培先生1917年的这篇演讲，提纲挈领，奠定了北大“学术自由，兼容并包”的精神传统，开启了北大发展的新纪元。

“大学者，研究高深学问者也。”大学是学习知识、砥砺人格的地方，是提升自身素质和修养的地方。

作为学校之主体的师生，除了注重增强自己的德、才、识外，还应该建立一种互敬互爱、互相劝勉的关系，这样才能放眼四海、共同进步。

“北大是常为新的”。任何一所学府，惟有鼓励自由民主、开拓创新，才能永葆活力。

作者简介

蔡元培（1868—1940），近代民主革命家、教育家、科学家。1916年至1927年，任北京大学校长，革新北大，开“学术”与“自由”之风；1920年至1930年，同时兼任中法大学校长。他坚守爱国和民主的政治理念，致力于废除封建主义的教育制度，为我国教育、文化、科学事业的发展作出了开创性的贡献。著有《蔡元培教育文选》、《蔡元培教育论著选》等。

我在北京大学的经历

蔡元培

我素信学术上的派别，是相对的，不是绝对的；所以每一种学科的教员，即使主张不同，若都是“言之成理、持之有故”的，就让他们并存，令学生有自由选择的余地。

北京大学的名称，是从民国元年起的；民元以前，名为京师大学堂；包有师范馆、仕学馆等，而译学馆亦为其一部；我在民元前六年，曾任译学馆教员，讲授国文及西洋史，是为我北大服务之第一次。

民国元年，我长教育部，对于大学有特别注意的几点：一、大学设法商等科的，必设文科；设医农工等科的，必设理科。二、大学应设大学院（即今研究院）为教授、留校的毕业生与高级学生研究的机关。三、暂定国立大学五所，于北京大学外，再筹办大学各一所于南京、汉口、四川、广州等处（尔时想不到后来各省均有办大学的能力）。四、因各省的高等学堂，本仿日本制，为大学预备科，但程度不齐，于入大学时发生困难，乃废止高等学堂，于大学中设预科（此点后来为胡适之先生等所非难，因各省既不设高等学堂，就没有一个荟萃较高学者的机关，文化不免落后；但自各省竞设大学后：就不必顾虑了）。

是年，政府任严幼陵君为北京大学校长；两年后，严君辞职，改任马相伯君，不久，马君又辞，改任何锡侯君，不久又辞，乃以工科学长胡溁珊君代理。民国五年冬，我在法国，按教育部电，促回国，任北大校长。我回来，初到上海，友人中劝不必就职的颇多，说北大太腐败，进去了，若不能整顿，反于自己的声名有碍，这当然是出于爱我的意思。但也有少数的人说，既然知道它腐败，更应进去整顿，就是失败，也算尽了心。这也是爱人以德的说法。我到底服从后说，进北京。

我到京后，先访医专校长汤尔和君，问北大情形。他说："文科预科的情形，可问沈尹默君；理工科的情形，可问夏浮筠君。"汤君又说："文科学长如未定，可请陈仲甫君；陈君现改名独秀，主编《新青年》杂志，确可为青年的指导者。"因取《新青年》十余本示我。我对于陈君，本来有一种不忘的印象，就是我与刘申叔君同在《警钟日报》服务时，刘君语我："有一种在芜湖发行之白话报，发起的若干人，都因困苦及危险而散去了，陈仲甫一个人又支持了好几个月。"现在听汤君的话，又翻阅了《新青年》，决意聘他。从汤君处探知陈君寓在前门外一旅馆，我即往访，与之订定；于是陈君来北大任文科学长，而夏君原任理科学长，沈君亦原任教授，一仍旧贯；乃相与商定整顿北大的办法，次第执行。

我们第一要改革的，是学生的观念。我在译学馆的时候，就知道北京学生的习惯。他们平日对于学问上并没有什么兴会，只要年限满后，可以得到一张毕业文凭。教员是自己不用功的，把第一次的讲义，照样印出来，按期分散给学生，在讲坛上读一遍，学生觉得没有趣味，或瞌睡，或看看杂书，下课时，把讲义带回去，堆在书架上。等到学期、学年或毕业的考试，教员认真的，学生就拼命地连夜阅读讲义，只要把考试对付过去，就永远不再去翻一翻了。要是教员通融一点，学生就先期要求教员告知他要出的题目，至少要求表示一个出题目的范围；教员为避免学生的怀恨与顾全自身的体面起见，往往把题目或范围告知他们了。于是他们不用功的习惯，得了一种保障了。尤其北京大学的学生，是从京师大学堂“老爷”式学生嬗继下来（初办时所收学生，都是京官，所以学生都被称为老爷，而监督及教员都被称为中堂或大人）。他们的目的，不但在毕业，而尤注重在毕业以后的出路。所以专门研究学术的教员，他们不见得欢迎；要是点名时认真一点，考试时严格一点，他们就借个话头反对他，虽罢课也在所不惜。若是一位在政府有地位的人，来兼课，虽时时请假，他们还是欢迎得很；因为毕业后可以有阔老师做靠山。这种科举时代遗留下来的劣根性，是于求学上很有妨碍的。所以我到校后第一次演说，就说明“大学学生，当以研究学术为天职，不当以大学为升官发财之阶梯。”然而要打破这些习惯，只有从聘请积学而热心的教员着手。

那时候因《新青年》上文学革命的鼓吹，而我得认识留美的胡适之君，他回国后，即请到北大任教授。胡君真是“旧学邃密”而且“新知深沈”的一个人，所以一方面与沈尹默、兼士兄弟，钱玄同，马幼渔，刘半农诸君以新方法整理国故，一方面整理英文系。因胡君之介绍而请到的好教员，颇不少。

我素信学术上的派别，是相对的，不是绝对的；所以每一种学科的教员，即使主张不同，若都是“言之成理、持之有故”的，就让他们并存，令学生有自由选择的余地。最明白的，是胡适之君与钱玄同君等绝对的提倡白话文学，而刘申叔、黄季刚诸君仍极端维护文言的文学；那时候就让他们并存。我信为应用起见，白话文必要盛行，我也常常作白话文，也替白话文鼓吹；然而我也声明：作美术文，用白话也好，用文言也好。例如我们写字，为应用起见，自然要写行楷，若如江艮庭君的用篆隶写药方，当然不可；若是为人写斗方或屏联，作装饰品，即写篆隶章草，有何不可？

那时候各科都有几个外国教员，都是托中国驻外使馆或外国驻华使馆介绍的，学问未必都好，而来校既久，看了中国教员的阑珊，也跟了阑珊起来。我们斟酌了一番，辞退几人，都按着合同上的条件办的。有一法国教员要控告我，有一英国教习竟要求英国驻华公使朱尔典来同我谈判，我不答应。朱尔典出去后，说：

“蔡元培是不要再做校长的了。”我也一笑置之。

我从前在教育部时，为了各省高等学堂程度不齐，故改为各大学直接的预科；不意北大的预科，因历年校长的放任与预科学长的误会，竟演成独立的状态。那时候预科中受了教会学校的影响，完全偏重英语及体育两方面；其他科学比较的落后，毕业后若直升本科，发生困难。预科中竟自设了一个预科大学的名义，信笺上亦写此等字样。于是不能不加以改革，使预科直接受本科学长的管理，不再设预科学长。预科中主要的教课，均由本科教员兼任。

我没有本校与他校的界限，常为之通盘打算，求其合理化。是时北大设文、理、工、法、商五科，而北洋大学亦有工、法两科；北京又有一工业专门学校，都是国立的。我以为无此重复的必要，主张以北大的工科并入北洋，而北洋之法科，刻期停办。得北洋大学校长同意及教育部核准，把土木工与矿冶工并到北洋去了。把工科省下来的经费，用在理科上。我本来想把法科与法专并成一科，专授法律，但是没有成功。我觉得那时候的商科，毫无设备，仅有一种普通商业学教课，于是并入法科，使已有的学生毕业后停止。

我那时候有一个理想，以为文、理两科，是农、工、医、药、法、商等应用科学的基础，而这些应用科学的研究时期，仍然要归到文理两科来。所以文理两科，必须设各种的研究所；而此两科的教员与毕业生必有若干人是终身在研究所工作，兼任教员，而不愿往别种机关去的。所以完全的大学，当然各科并设，有互相关联的便利。若无此能力，则不妨有一大学专办文理两科，名为本科，而其他应用各科，可办专科的高等学校，如德、法等国的成例，以表示学与术的区别。因为北大的校舍与经费，决没有兼办各种应用科学的可能，所以想把法律分出去，而编为本科大学，然没有达到目的。

那时候我又有一个理想，以为文理是不能分科的。例如文科的哲学，必植基于自然科学；而理科学者最后的假定，亦往往牵涉哲学。从前心理学附入哲学，而现在用实验法，应列入理科；教育学与美学，也渐用实验法，有同一趋势。地理学的人文方面，应属文科，而地质地文等方面属理科。历史学自有史以来，属文科，而推原于地质学的冰期与宇宙生成论，则属于理科。所以把北大的三科界限撤去而列为十四系，废学长，设系主任。

我素来不赞成董仲舒罢黜百家独尊孔氏的主张。清代教育宗旨有“尊孔”一款，已于民元在教育部宣布教育方针时说他不合用了。到北大后，凡是主张文学革命的人，没有不同时主张思想自由的，因而为外间守旧者所反对。适有赵体孟君以编印明遗老刘应秋先生遗集，贻我一函，属约梁任公、章太炎、林琴南诸君品题。我为分别发函后，林君复函，列举彼对于北大怀疑诸点；我复一函，与他辩。这两函颇可窥见那时候两种不同的见解。

这两函虽仅为文化一方面之攻击与辩护，然北大已成为众矢之的，是无可疑了。越四十余日，而有五四运动。我对于学生运动，素有一种成见，以为学生在学校里面，应以求学为最大目的，不应有何等政治的组织。其有年在二十岁以上，对于政治有特殊兴趣者，可以个人资格参加政治团体，不必牵涉学校。所以民国七年夏间，北京各校学生，曾为外交问题，结队游行，向总统府请愿。当北大学生出发时，我曾力阻他们。他们一定要参与，我因此引咎辞职，经慰留而罢。到八年五月四日，学生又有不签字于巴黎和约与罢免亲日派曹、陆、章的主张，仍以结队游行为表示，我也就不去阻止他们了。他们因愤激的缘故，遂有焚曹汝霖住宅及攒殴章宗祥的事，学生被警厅逮捕者数十人，各校皆有，而北大学生居多数。我与各专门学校的校长向警厅力保，始释放。但被拘的虽已保释，而学生尚抱再接再厉的决心，政府亦且持不做不休的态度。都中宣传政府将明令免我职而以马其昶君任北大校长，我恐若因此增加学生对于政府的纠纷，我个人且将有运动学生保持地位的嫌疑，不可以不速去。乃一面呈政府引咎辞职，一面秘密出京，时为五月九日。

那时候学生仍每日分队出去演讲，政府逐队逮捕，因人数太多，就把学生都监禁在北大第三院。北京学生受了这样大的压迫，于是引起全国学生的罢课，而且引起各大都会工商界的同情与公愤，将以罢工罢市为同样之要求。政府知势不可侮，乃释放被逮诸生，决定不签和约，罢免曹、陆、章，于是五四运动之目的完全达到了。

五四运动之目的既达，北京各校的秩序均恢复，独北大因校长辞职问题，又起了多少纠纷。政府曾一度任命胡次珊君继任，而为学生所反对，不能到校；各方面都要我复职。我离校时本预定决不回去，不但为校务的困难，实因校务以外，常常有许多不相干的缠绕，度一种劳而无功的生活，所以启事上有“杀君马者道旁儿；民亦劳止，汔可小休；我欲小休矣”等语。但是隔了几个月，校中的纠纷，仍在非我回校，不能解决的状态中，我不得已，乃允回校。回校以前，先发表一文，告北京大学学生及全国学生联合会，告以学生救国，重在专研学术，不可常为救国运动而牺牲（全文见《蔡孑民先生言行录》下册三三七至三四一页）。到校后，在全体学生欢迎会演说，说明德国大学学长、校长均每年一换，由教授会公举；校长且由神学、医学、法学、哲学四科之教授轮值，从未生过纠纷，完全是教授治校的成绩。北大此后亦当组成健全的教授会，使学校决不因校长一人的去留而起恐慌（全文见《言行录》三四一至三四四页）。

那时候蒋梦麟君已允来北大共事，请他通盘计划，设立教务、总务两处，及聘任财务等委员会，均以教授为委员。请蒋君任总务长，而顾孟余君任教务长。

北大关于文学、哲学等学系，本来有若干基本教员，自从胡适之君到校后，声应气求，又引进了多数的同志，所以兴会较高一点。预定的自然科学、社会科学、文学、国学四种研究所，止有国学研究所先办起来了。在自然科学与社会科学方面，比较地困难一点。自民国九年起，自然科学诸系，请到了丁巽甫、颜任光、李润章诸君主持物理系；李仲揆君主持地质系；在化学系本有王抚五、陈聘丞、丁庶为诸君，而这时候又增聘程寰西、石蘅青诸君；在生物学系本已有钟宪鬯君在东南、西南各省搜罗动植物标本，有李石曾君讲授学理，而这时候又增聘谭仲逵君。于是整理各系的实验室与图书室，使学生在教员指导之下，切实用功；改造第二院礼堂与庭园，使合于讲演之用。在社会科学方面，请到王雪艇、周鲠生、皮皓白诸君；一面诚意指导提起学生好学的精神，一面广购图书杂志，给学生以自由考索的工具。丁巽甫君以物理学教授兼预科主任，提高预科程度。于是北大始达到各系平均发展的境界。

我是素来主张男女平等的。九年，有女学生要求进校，以考期已过，姑录为旁听生。及暑假招考，就正式招收女生。有人问我："兼收女生是新法，为什么不先请教育部核准？"我说："教育部的大学令，并没有专收男生的规定；从前女生不来要求，所以没有女生；现在女生来要求，而程度又够得上，大学就没有拒绝的理。"这是男女同校的开始，后来各大学都兼收女生了。

我是佩服章实斋先生的。那时候国史馆附设在北大，我定了一个计划，分征集、纂辑两股；纂辑股又分通史、民国史两类；均从长编入手，并编历史辞典。聘屠敬山、张蔚西、薛阆仙、童亦韩、徐贻孙诸君分任征集编纂等务。后来政府忽又有国史馆独立一案，别行组织。于是张君所编的民国史，薛、童、徐诸君所编的辞典，均因篇帙无多，视同废纸；止有屠君在馆中仍编他的蒙兀儿史，躬自保存，没有散失。

我本来很注意于美育的。北大有美学及美术史教课，除中国美术史由叶浩吾君讲授外，没有人肯讲美学。十年，我讲了十余次，因足疾进医院停止。至于美育的设备，曾设书法研究会，请沈尹默、马叔平诸君主持。设画法研究会，请贺履之、汤定之诸君教授国画；比国楷次君教授油画。设音乐研究会，请萧友梅君主持。均听学生自由选习。

我在“爱国学社”时，曾断发而习兵操，对于北大学生之愿受军事训练的，常特别助成。曾集这些学生，编成学生军，聘白雄远君任教练之责，亦请蒋百里、黄膺白诸君到场演讲。白君勤恳而有恒，历十年如一日，实为难得的军人。

我在九年的冬季，曾往欧美考察高等教育状况，历一年回来。这期间的校长任务，是由总务长蒋君代理的。回国以后，看北京政府的情形，日坏一日，我处在与政府常有接触的地位，日想脱离。十一年冬，财政总长罗钧任君忽以金佛郎问题被逮，释放后，又因教育总长彭允彝君提议，重复收禁。我对于彭君此举，在公议上，认为是蹂躏人权献媚军阀的勾当；在私情上，罗君是我在北大的同事，而且于考察教育时为最密切的同伴，他的操守，为我所深信，我不免大抱不平。与汤尔和、邵飘萍、蒋梦麟诸君会商，均认有表示的必要。我于是一面递辞呈，一面离京。隔了几个月，贿选总统的布置，渐渐地实现；而要求我回校的代表，还是不绝，我遂于十二年七月间重往欧洲，表示决心；至十五年，始回国。那时候，京津间适有战争，不能回校一看。十六年，国民政府成立，我在大学院，试行大学区制，以北大划入北平大学区范围，于是我的北京大学校长的名义，始得取销。

综计我居北京大学校长的名义，十年有半；而实际在校办事，不过五年有半，一经回忆，不胜惭悚。

心香一瓣

应该建设一个怎样的大学？如何才能造就一所优秀的学府？

作为中国近代教育的开拓者之一，在那个新旧思潮碰撞的时代，蔡元培先生高瞻远瞩，提出了自己关于大学建设的理念和框架，对今天的大学建设依然具有重大的参考价值。

如何看待文理分科，如何组织学生运动，如何任用教师，如何保障整个教学秩序的良好运转、培养各行各业的栋梁之才，都是本文留给我们的思考。

时代不同了，但一所大学的精神不能丢。根据社会需要，不断探索、改革与创新体制，才是大学的发展之道。

作者简介

蔡元培（1868—1940），近代民主革命家、教育家、科学家。1916 年至 1927 年，任北京大学校长，革新北大，开“学术”与“自由”之风；1920 年至 1930 年，同时兼任中法大学校长。他坚守爱国和民主的政治理念，致力于废除封建主义的教育制度，为我国教育、文化、科学事业的发展作出了开创性的贡献。著有《蔡元培教育文选》、《蔡元培教育论著选》等。

试验乡村师范学校答客问

陶行知

好的乡村教师，第一有农夫的身手，第二有科学的头脑，第三有改造社会的精神。他足迹所到的地方，一年能使学校气象生动，二年能使社会信仰教育，三年能使科学农业著效，四年能使村自治告成，五年能使活的教育普及，十年能使荒山成林，废人生利。这种教师就是改造乡村生活的灵魂。

乡村师范学校是什么？

乡村师范学校是根据乡村实际生活，造就乡村学校教师、校长、辅导员的地方。

为什么要加上“试验”两个字？

中国乡村教育走错了路，现在已经到了山穷水尽，不得不另找生路。试验就是用科学的方法去采新的生路。我们在前面已经看着一线光明，不能说是十分有把握，但深愿“试他一试”。

这个学校是谁办的?

这个学校是中华教育改进社结合少数乡村教育同志办的。

中华教育改进社为什么要发这种宏愿?

中华教育改进社三年以来对于乡村教育素所注意，近来更觉得这件事是立国的根本大计。估计起来，中国有一百万个乡村，就须有一百万所学校，最少就须有一百万位教师。个个乡村里都应当有学校，更应当有好学校。要有好的学校，先要有好的教师。好的教师有生成的，有学成的。生成的好教师如同凤毛麟角，不可多得，恐怕一百万位乡村教师当中，九十九万九千九百位是要用特殊的训练把他们培养成功的。这是一件伟大的事业，要全国同志运用心力财力才能办到。本社不忍放弃国家一分子的责任，所以很情愿在万难中设立这个小小的试验乡村师范，为的是要造就好的乡村教师去办理好的乡村学校。

乡村教师要怎样才算好?

好的乡村教师，第一有农夫的身手，第二有科学的头脑，第三有改造社会的精神。他足迹所到的地方，一年能使学校气象生动，二年能使社会信仰教育，三年能使科学农业著效，四年能使村自治告成，五年能使活的教育普及，十年能使荒山成林，废人生利。这种教师就是改造乡村生活的灵魂。

乡村学校要怎样才算好?

有了这样的好教师，就算是好的乡村学校；好的乡村学校，就是改造乡村生活的中心。

现在中国有没有这种学校?

现在中国有少数乡村学校确是朝着这条路走。他们的精神确系要令人起敬。如同燕子矶小学、尧化门小学、开原小学，都是著有成绩的乡村学校。最近改造的江宁县立师范学校、明陵小学、笆斗山小学，成绩也有可观。别的地方一定也有这种学校，因为不晓得清楚，不能列举。这几个学校假使再给他们五年或十年的时间，当能使这些乡村得到一种新生命，开创一个新纪元。

这些学校为什么办得这样好?

因为他们的教职员有办理乡村教育的天才，并且有虚心研究学问的精神。

这些学校与试验乡村师范要发生什么关系?

因为地点接近燕子矶小学和尧化门小学，已经特约为试验乡村师范学校的中心小学，其他学校就辅助分工研究关于乡村小学的种种问题。

何谓中心小学?

中心小学以乡村实际生活为中心，同时又为试验乡村师范的中心。平常师范学校的小学叫做附属小学，我们要打破附属品的观念，所以称它为中心小学。中心小学是师范学校的主脑，不是师范学校的附属品。中心小学是师范学校的母亲，不是师范学校的儿子。中心小学是太阳，师范学校是行星。师范学校的使命是要传播中心学校的精神、方法和因地制宜的本领。

试验乡村师范学校依据中心小学办理，已经听得明白，但究竟采用什么方法使它实现呢？

我们的一条鞭的方法就是教学做合一。

什么是教学做合一？

教学做合一是：教的法子根据学的法子，学的法子根据做的法子。事怎样做就怎样学，怎样学就怎样教。比如种田这件事要在田里做，就要在田里学，也就要在田里教。教学做有一个共同的中心，这个中心就是“事”，就是实际生活；教学做都要在“必有事焉”上用功。

试验乡村师范的课程与平常学校有什么不同的地方？

试验乡村师范的全部课程就是全部生活，我们没有课外的生活也没有生活外的课。约略分起来，共有五门：一，中心小学生活教学做；二，中心小学行政教学做；三，师范学校第一院院务教学做；四，征服天然环境教学做；五，改造社会环境教学做。

什么是第一院？

我们的师范学校将来要分两院：第一院是招收他校末一年半学生及相等程度之在职人员，加以一年半的训练；第二院是完全师范制，一切训练，都由本校始终其事。因为第一种办法较为轻而易举，所以先办第一院。

什么是院务教学做？

我们第一院里面种种事务都是要学生分任去做的；什么文牍、会计、庶务、烧饭、种菜，都是要学生轮流学习的。全校只用一个校工担任挑水一类的事，其余一切操作，都列为正课，由学生

躬亲从事。

师范生要学习烧饭种菜，这是什么道理？

乡村里当教师，不会烹饪，就要吃苦，我们晓得师范生初到乡间去充当教师，有的时候，不免饿得肚皮叫，就是因为他们不会炊事。从前科举时代文人因过考需要，大多数都会烹饪。现在讲究洋八股反把这些实用的本领挥之门外，简直比科举还坏。所以我们这里的口号是："不会种菜，不算学生"，"不会烧饭，不得毕业。"

教师处于什么地位？

本校各科教师称为指导员，不称为教员。他们指导学生教学做，他们与学生共教、共学、共做、共生活。不但如此，高级程度学生对于低级程度学生也要负指导之责。

什么资格的学生可以进来呢？

初级中等学校、高级中等学校、专门大学校末了一年半的学生和在职教职员有相等程度的都可以投考。但是他们必须有农事或土木工经验方才有考取的把握。这是顶重要的资格，这两个条件完全没有的人，不必来考。凡是小名士、书呆子、文凭迷的都最好不来。如果有人想办乡村小学，为预储师资起见，保送合格学生来学，学成就去办学，这是我们最欢迎的。

考些什么功课？

我们所要考的有五样东西：一、农事或土木工操作；二、智慧测验；三、常识测验；四、作国文一篇；五、三分钟演说。

收录多少学生呢？

我们现在暂定为二十名。倘使我们在这两个月当中经费可以多筹些，如果合格学生很多，我们也可以多收几名。倘使合格学生很少，我们就少取几名；只要有一个合格学生，我们都是要开办的。我们教一个学生和教一千个学生一样的起劲，因为如果这个学生是个人才，他对于乡村教育必有相当的贡献。一个人是千万人的出发点。倘使我们这次招生只能得到一个真学生，我们也就心满意足了。

毕业年限怎样?

我们的修业年限暂定为一年半，但不是一定不移的，可以按照实在情形酌量伸缩。不过修业后必须服务半年，经本校派员考查，确有精神表现，才发给各种毕业证书。

费用要多少呢?

本校学费一概不收，收膳费每月暂以五元为最高额，由师生共同经营。杂费依最节省限度另定。学生种田，照佃户租田公允办法，每年赚钱多少，看自己运用心力的勤惰巧拙，统归本人所用，账目完全公开。

试验乡村师范学校设在何处?

这个学校设在南京神策门外迈皋桥，离燕子矶、尧化门都很近。我们准备了田园二百亩，供师生耕种；荒山数座，供师生造林；最少数经费，供师生自造茅草屋居住。

茅草屋怎样布置?

每个茅草屋住十一个人：十位学生，一位指导员。里面有阅书室、会客室、饭厅和盥洗室、厕所。屋外后面附一个小厨房，

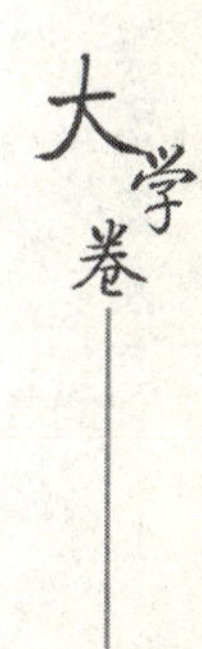

厨房之后有一个小菜园。

茅草屋没有造成住在何处?

住在帐篷里，谁的茅草屋没有造好，谁就要住在帐篷里。十一个人都要受茅草屋指导员的指导，按照图样建造一个优美的、卫生的、坚固的、合用的、省钱的茅草屋。个个人都要参加，都要动手。教师不但是教书，学生不但是读书，他们是到这里来共同创造一个学校。从院长起以及到学生，谁不造成茅草屋，谁就永久住在帐篷里。

宿舍之外还有什么?

本校一切建筑都是茅草屋。除宿舍外，我们要有图书馆、科学馆、教室、娱乐室、操室、温室、陈列所、医院、动物园。指导员家属住宅都要逐渐使它们成立，但总依据茅草屋的形式建筑。

简括些说起来，试验乡村师范的精神究竟何在?

本校的精神可以拿本校校旗之意义来代表。旗之中心有一个小圆圈，里面有个“活”字代表所要培养之生活力。圈外有个等边三角，代表教学做三者合一。三角上面有一个“心”放在当中，表示关心农民甘苦之意。左边有一支笔，右边有一把锄头。三角之外有一大圆圈放射光芒，好比是太阳光。四面有一百个金色星布满全旗，代表一百万个学校，改造一百万个乡村，使个个乡村都得到光，合起来造成中华民国的伟大的光。

心香一瓣

“好的乡村教师，要有农夫的身手，科学的头脑，改造社会的精神”，“教师要与学生共教、共学、共做、共生活”。陶行知先生的这一教育主张，至今在国内外仍有着深远的影响。

教、学、做合一，把社会作为真正的学校，向生活、实践要真知，是符合“实践是认识的来源、发展动力，是检验认识正确与否的惟一标准”这一辩证唯物主义认识观的。

好的教育，一定是不脱离实践的。教育的理念、成果，都与社会实践息息相关。今天，落实素质教育，也要从这一点出发。

作者简介

陶行知（1891—1946），人民教育家、思想家，民主主义战士。曾任南京高等师范学校教务主任，继任中华教育改进社总干事。先后创办晓庄学校、生活教育社、山海工学团、育才学校和社会大学。他提出了“生活即教育”、“社会即学校”、“教学做合一”三大主张，著有《中国教育改造》、《斋夫自由谈》、《行知书信》等。

一百年的青春(节选)

谢　冕

一百年的青春，一百年的激情，一百年的奋斗，留下了一百年难眠的记忆。

北大这地方真有点特别，它似是一块磁铁，谁到了这里，谁就被吸住，再也不想离开。其原因并不在校园的美丽。北大现在的校园是很美，但在旧时，那校园说不上美。在战时，在昆明，那校园竟是陋巷蓬屋，是相当的残破了。但在北大人的心目中，它依然很美，依然是一块磁石，吸住你，想着它，恋着它，不愿离开。即使你走向天涯海角，而北大依然牵着你的灵魂，占领着你的心。

北大有它永恒的魅力。这魅力来自历史、来自历史漫长行进中形成的传统精神。作为不间断的校史，而且作为戊戌变法的新学的雏形，自1898年算起的一百年来，北大一方面承继中国悠久的文化学术源流，同时又在20世纪世界现代化的潮流中，建立起新的学术精神和学术品格。

诞生于1898年的北京大学，是与中国的苦难与追求相联系的。1898是充满痛苦和灾难的年代，有很多的焦虑和困窘，有很多的流放、囚禁和牺牲。建立京师大学堂是有感于中国的贫弱与无边的悲痛。当日中国如狂澜中的一叶危舟。改变科举、建立学堂，旨在培养拯救国运的新型人才。因而，这所大学的诞生，是无边暗黑的沉云中，求生存的一线光亮。所以，北大从它诞生之日起，就承袭了中国苦难与忧患的遗产。当然，上一个世纪末的理想和追求的火种，也在它的身上得到了绵延。

这是一个宿命。千年的梦想，百年的抗争，1840年开始的半个多世纪的苦难，死者无声的托付，生者的吁求，都遥遥地羁系在这片风雨迷朦中升浮而起的圣地之上。史载，戊戌那年突然降临的灾难，使京师大学堂未能如期开学，直至1902年方才正式上课。开学之后发生的第一件大事，却是非关学业的。1903年俄国没有按照条约从营口撤兵。当年4月30日，京师大学堂仕学馆和师范馆师生二百余人“鸣钟上堂”，集会抗议。他们的爱国行动推动了全国抗俄运动的发展。这是北大建立之后的第一次爱国行动。北大师生作为现代知识者的精英意识，第一次得到显扬。这是让人耳目一新的举动，黑暗沉沉的中华大地，燃起了20世纪第一线觉醒的曙光。

北大是五四运动的摇篮和发祥地，民主广场的钟声，从沙滩红楼传向古老中国沉睡的大地。从抗议丧权辱国开始，北大人把思考转向深沉，把批判和抗议转向新思想、新文化的建设。蔡元培主政北大时，提出“囊括大典，网罗众家，思想自由，兼容并包”的方针。这十六字真正体现了北大的魂，是一种能够包容一切的大气度和大胸襟。蔡元培校长为改革当日北大的陋习，即确定学生以学业为目的的方针。为达到兼收并蓄的目标，他邀请各派学术巨擘来校任教，使古今、东西、文理互融互通成为北大学术一大景观。由于嗣后各届校长秉承蔡先生确立的方针，使北大在它校史的每一阶段都如一面旗帜，飘扬在中国教育阵地上。

北大人以精英使命自勖，他们从来未曾忘却他们的社会承诺，但北大也从未降低过自己确立的学术标准。仅有第一等的才智还不够，还要有第一等的胸襟，第一等的怀抱。因为心系于天下，眼界自然开阔，神气自有不同。这是北大学生的常态，也造成北大学生常被人垢病的傲气。

一百年的青春，一百年的激情，一百年的奋斗，留下了一百年难眠的记忆。最难忘，年年岁首，大膳厅灯火辉煌，马寅初校长在新年钟声中，带着微醺致辞。他的潇洒不羁，在思想禁锢的年代，是一缕带着暖意的和风。马寅初终于以诤言获罪，他的《新人口论》遭到围攻。马寅初勇迎风暴，他的《重申我的请求》是一道惊世骇俗的雷电：“我虽年近八十，明知寡不敌众，自当单枪匹马，出来应战，直至战死为止，决不向专以力压服不以理说服的那种批判者投降。”坚定的人格，坚贞的气节，凛然不屈的坚持，在马寅初沉重的金石之声的背后，人们不难发现那种年轻了一百年的北大精神，从京师大学堂到北京大学，从严复到胡适、陈独秀，从蔡元培到马寅初，这是一道永不枯竭的春天的长流水。这水已流了整整一百年，它将永远流下去，它是北大永远的骄傲。

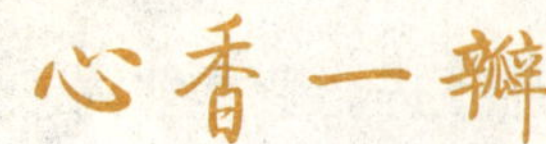

作为中国和世界享有盛誉的著名学府，北大的魅力来自何处？在这篇文章里，我们找到了答案。

正是因为有了筚路蓝缕、开拓创新、敢为天下先的一代教育家和学术大师，才有了“思想自由、兼容并包”的北大精神，才有了北大的历史地位和生生不息的青春活力……

正是因为北大人始终走在时代前沿，与中华民族同呼吸、共命运，才有了北大永恒不衰的精神魅力……

百年沧桑，薪火相传。惟有继往开来，才能永葆北大的青春。

「作者简介」

谢冕（1932—），文艺评论家、诗人、作家，北京作家协会副主席，中国当代文学研究会副会长，中国作家协会全国委员会名誉委员，北京大学教授、博士研究生导师，曾任北京大学中国语言文学研究所所长。他特别专注于中国当代诗的理论批评研究，于1980年筹办并主持了全国惟一的诗歌理论刊物《诗探索》，并担任该刊主编至今。

和钱钟书同学的日子（节选）

常 风

他是一个礼拜读中文书，一个礼拜读英文书。每礼拜六他就把读过的书整理好，写了笔记，然后抱上一大堆书到图书馆去还，再抱一堆回来。

一

1929 年，我报考清华大学外国语言文学系，那年外语系招收差不多 40 个名额。等到正式上课前三天，我才接到通知我已被录取了，可以到学校报到。所有系新生的英语课，都编在一个班里上。但我因是备取生（备取生有十名），报到比较晚，班里已无空位子，便被插在别的大一英语班，因而开始时我接触的本系同学不多。但我却幸运地遇到一位很渊博的英语教师，美国的詹孟生（R.D.Jameson）教授，使我受益匪浅。

我第一次碰见钱钟书是在冯友兰先生的逻辑学课上，印象很深，一直到现在我都记得清清楚楚。

我们那时上课在旧大楼，教室里都是扶手椅，没有课桌。我进了教室，看见大约第五六排有空位子，就走到靠右手的一个椅子上坐下来。后来又进来一位同学，和我一样也穿着蓝布大褂，他走到我这边，坐到我右手旁的空座位上。我不知道他是谁。

冯先生河南口音很浓，讲课时口吃特重，所以记他的笔记很不容易。比如，他讲到亚里士多德时，总是“亚、亚、亚里士多德……”坐在我右手的这位同学忽然从我手里拿过我的笔记本，就刷刷地写开了。我当时有些不高兴，心想这个人怎么这样不懂礼貌呢？可是当时也不便说什么。冯先生讲完课后这位邻座就把笔记本给了我。下课后他走他的，我走我的，出了教室，我也未向他道谢。我看了笔记本才发现他不但记下了冯友兰先生讲的亚里士多德，还把冯先生讲课中的引语、英文书上的原文全都写了下来，这着实让我吃了一惊。

当天下午有人来找我同宿舍的许振德（当时我们住的宿舍是旧房子，五个人一间，新大楼正在建设中。同宿舍的还有两位广东人，一位叫方稚周，人很厉害；另外一位广东人名叫石伟，是学社会学的，人挺好，毕业五十周年纪念返校时大家都还见了面。还有一位物理系的同学叫何汝楫，是浙江人。许振德是山东人，不喜欢和南方人同居一室，过了几天就找了个小屋搬走了），原来来客就是在我笔记本上写笔记的那位同学。老许介绍说，他叫钱钟书，他俩在同一个英语班上。我和钟书就是这样认识的。

钱钟书看见我书桌上的书就翻开了。他看见《国学概论》一书（钱穆著），前边有钟书父亲钱老先生写的序，就说："序是我写的，只是用了我父亲的名字。"后来他又看见了别的书，其中有爱尔兰作家乔治·穆尔写的《一个青年的自白》。他很惊讶地问："你看这本书吗？"我说："以前看过郁达夫介绍这本书，所以来到清华后就到图书馆借了出来。"这样，我俩就聊了起来，这就是我与钱钟书友谊的开始。也就是这时候，我知道钟书很崇拜约翰生。后来几十年我虽未见他提及这位伟大的作家，但晚年他很喜欢看各种字典，也许与他崇拜约翰生有关。

我们两人是同年出生，生日也很相近。但他的博学多才与勤奋都是我望尘莫及的。

那年入学时，清华大兴土木。除扩建图书馆之外，还建化学馆、生物馆，到处都在盖房子。同时又在新盖一栋学生楼，叫新大楼，寒假快完时，大楼基本竣工了。

一年级第二学期春季始业后，我们搬到了新宿舍，新大楼是U字型的，中间有廊子。我第一次住进条件这么好的装有暖气的宿舍，觉得很幸运。我们是两个人一间屋子，屋内除每人各一张床以外，还各有一张桌子，两屉一柜，另外还有一个大衣柜，两扇柜门，一人一个，各人有一把钥匙。我是住在一层朝阳的房间，与从山西一同考入清华的中学同学康维清分到一室，宿舍后边即为饭厅。钟书住在二层楼的左翼一侧的宿舍。他的同乡曹觐虞住在我房间对面的宿舍，他常到楼下来到我对面房间找同乡，所以也就常来我宿舍，因为我这儿离食堂最近，所以钟书常来和我一块儿去食堂吃饭。

我的书桌上老是放着许多书和笔墨。钟书来了以后喜欢乱转乱翻书，看到我这儿有鲁迅著的《小说旧闻钞》，他就提笔在封面上用篆字写了书名，又在扉页上用正楷写了书名。这时我发现他的书法很有功力。

他以后就常来我宿舍，经常随便拿起书来就看。吃饭时叫我一块儿去食堂，饭后我们一块儿去校园散步。我的室友老康，每逢礼拜六都进城去会女朋友，钟书就把被子抱过来与我抵足而眠，我俩常常是彻夜长谈。

钟书放假回老家探亲返校后，带来了苏州糖果，无锡有名的古老肉（排骨肉），同时还带来他父亲钱老伯赠送我的一本书——《韩愈志》，我也很礼貌地写信感谢钱老伯。此后，钱老伯还陆续给我寄过几本书。

钟书这个人性格很是孩子气。常常写个小纸条差工友给我送下来，有时塞进门缝里，内容多为戏谑性的，我也并不跟他较真儿。

后来，我宿舍对面房间的一位同学搬走，钟书就搬下来与他的老乡同学同一宿舍住下来。经常能听到他与这位老乡同学吵嘴，他吵完后又嘻嘻哈哈的，这位同学很宽容，并不跟他翻脸。

二

“九·一八”以后，淞沪战争开始，日军侵入上海。苏州东吴大学等校停课，许多学生转入北京各大学继续上学。如费孝通就到了清华研究院。杨季康先到燕京大学，后来也到清华大学，旁听我们班的课。

我们班有位女同学名叫蒋恩钿，是苏州人。她比较活泼，见了大家总是笑嘻嘻的。一般女同学很少跟男同学说话，她是见谁都说话。有一天她带来一位女伴。钟书告诉我那个女同学是从东吴大学来的，她和蒋恩钿是中学同学，她现在住在蒋恩钿的房间里，这位女同学后来跟我们一个班上课，她就是杨季康。她要补习法语。蒋恩钿介绍钱钟书给这位杨季康补课，他俩就有了交往。

钟书用英文写了一篇《论实验主义》的论文。我当时正在练习打字，他就要我替他把文章打出来。哲学系给高年级学生开讨论会，教师和学生都参加。每次开会时冯友兰院长都派他的秘书李先生来，请钟书参加。每次开会，钟书回来后都十分得意，因为他总是“舌战九儒”，每战必胜。他告我开会时的情况，什么人发言，他跟什么人辩论了。就我所知，享受这种殊荣的人，只有钟书一人。

钟书搬到曹觐虞房间后，我才对他的读书方法有所了解。他是一个礼拜读中文书，一个礼拜读英文书。每礼拜六他就把读过的书整理好，写了笔记，然后抱上一大堆书到图书馆去还，再抱一堆回来。他的中文笔记本是用学校里印的 16 开大的毛边纸直行簿。读外文的笔记用的是一般的练习本。他一直就是这样的习惯，看了书每天要写笔记。他的大作《谈艺录》和《管锥编》都是这个时期就打了基础的，他当时的看法后来有些由他自己纠正了。前些年他在一篇文章中提到了他以前对克罗齐的著作有偏见，没有认出人家的正确性。我想，他在晚年想纠正的年轻时的看法一定是很多的。

心香一瓣

钱钟书在民国时期被誉为“清华才子”，中英文造诣都很深，绘画、书法等也很见功力。他的博学多才，除了天资聪颖的原因外，还与他独特而科学的学习方法有关。

在治学上，他主张先博后约、由博返约，即先博览群书、广泛涉猎，然后提取吸收，形成自己的知识结构。虽然他有着超人的记忆能力，但却始终保持着做读书笔记的习惯。

他的治学精神与方法，都值得后人深究和学习。

［作者简介］

常风（1910—2002），20 世纪三十年代活跃在北平文坛的著名文艺批评家。1933 年毕业于清华大学西洋文学系，曾是《新月》、《学文》、《文学杂志》等当时文坛重要期刊的撰稿者并一直任《文学杂志》助理编缉。著有《弃余集》、《窥天集》、《逝水集》及翻译著述多部，1946 年到 1952 年在北京大学西语系任教，后任山西大学外语系教授。

我所知道的康桥(节选)

徐志摩

康桥的灵性全在一条河上；康河，我敢说是全世界最秀丽的一条水。

三

康桥的灵性全在一条河上；康河，我敢说是全世界最秀丽的一条水。河的名字是葛兰大（Granta），也有叫康河（Kiver Cam）的，许有上下流的区别，我不甚清楚。河身多的是曲折，上游是有名的拜伦潭——“Byron’s Pool”——当年拜伦常在那里玩的；有一个老村子叫格兰骞斯德，有一个果子园，你可以躺在累累的桃李树荫下吃茶，花果会掉入你的茶杯，小雀子会到你桌上来啄食，那真是别有一番天地。这是上游；下游是从骞斯德顿下去，河面展开，那是春夏间竞舟的场所。上下河分界处有一个坝筑，水流急得很，在星光下听水声，听近村晚钟声，听河畔倦牛刍草声，是我康桥经验中最神秘的一种：大自然的优美、宁静，调谐在这星光与波光的默契中不期然的淹入了你的性灵。

但康河的精华是在它的中权，著名的“Backs”这两岸是几个最蜚声的学院的建筑。从上面下来是Pembroke，St.Katharine's，King's，Clare，Trinity，St.John's。

最令人留连的一节是克莱亚与王家学院的毗连处，克莱亚的秀丽紧邻着王家教堂（King's Chapel）的宏伟。别的地方尽有更美更庄严的建筑，例如巴黎赛因河的罗浮宫一带，威尼斯的利阿尔多大桥的两岸，翡冷翠维基乌大桥的周遭；但康桥的“Backs”自有它的特长，这不容易用一二个状词来概括，它那脱尽尘埃气的一种清澈秀逸的意境可说是超出了画图而化生了音乐的神味。再没有比这一群建筑更调谐更匀称的了！论画，可比的许只有柯罗（Corot）的田野；论音乐，可比的许只有肖班（Chopin）的夜曲。就这，也不能给你依稀的印象，它给你的美感简直是神灵性的一种。

假如你站在王家学院桥边的那棵大树荫下眺望，右侧面，隔着一大方浅草坪，是我们的校友居（fellows building），那年代并不早，但它的妩媚也是不可掩的，它那苍白的石壁上春夏间满缀着艳色的蔷薇在和风中摇头，更移左是那教堂，森林似的尖阁不可浼的永远直指着天空；更左是克莱亚，啊！那不可信的玲珑的方庭，谁说这不是圣克莱亚（St.Clare）的化身，哪一块石上不闪耀着她当年圣洁的精神？在克莱亚后背隐约可辨的是康桥最潢贵最骄纵的三一学院（Trinity），它那临河的图书楼上坐镇着拜伦神采惊人的雕像。

但这时你的注意早已叫克莱亚的三环洞桥魔术似的摄住。你见过西湖白堤上的西泠断桥不是？（可怜它们早已叫代表近代丑恶精神的汽车公司给铲平了，现在它们跟着苍凉的雷峰永远辞别了人间。）你忘不了那桥上斑驳的苍苔，木栅的古色，与那桥拱下泄露的湖光与山色不是？克莱亚并没有那样体面的衬托，它也不比庐山栖贤寺旁的观音桥，上瞰五老的奇峰，下临深潭与飞瀑；它只是怯伶伶的一座三环洞的小桥，它那桥洞间也只掩映着细纹的波粼与婆娑的树影，它那桥上栉比的小穿兰与兰节顶上双双的白石球，也只是村姑子头上不夸张的香草与野花一类的装饰；但你凝神的看着，更凝神的看着，你再反省你的心境，看还有一丝屑的俗念沾滞不？只要你审美的本能不曾汩灭时，这是你的机会实现纯粹美感的神奇！

但你还得选你赏鉴的时辰。英国的天时与气候是走极端的。冬天是荒谬的坏，逢着连绵的雾盲天你一定不迟疑的甘愿进地狱本身去试试；春天（英国是几乎没有夏天的）是更荒谬的可爱，尤其是它那四五月间最渐缓最艳丽的黄昏，那才真是寸寸黄金。在康河边上过一个黄昏是一服灵魂的补剂。啊！我那时蜜甜的单独，那时蜜甜的闲暇。一晚又一晚的，只见我出神似的倚在桥阑上向西天凝望：

看一回凝静的桥影，

数一数螺钿的波纹：

我倚暖了石阑的青苔，

青苔凉透了我的心坎；……

还有几句更笨重的怎能仿佛那游丝似轻妙的情景：

难忘七月的黄昏，远树凝寂，

像墨泼的山形，衬出轻柔暝色

密稠稠，七分鹅黄，三分橘绿，

那妙意只可去秋梦边缘捕捉；……

四

这河身的两岸都是四季常青最葱翠的草坪。从校友居的楼上望去，对岸草场上，不论早晚，永远有十数匹黄牛与白马，胫蹄没在恣蔓的草丛中，从容的在咬嚼，星星的黄花在风中动荡，应和着它们尾鬃的扫拂。桥的两端有斜倚的垂柳与荫护住。水是澈底的清澄，深不足四尺，匀匀的长着长条的水草。这岸边的草坪又是我的爱宠，在清明，在傍晚，我常去这天然的织锦上坐地，有时读书，有时看水；有时仰卧着看天空的行云，有时反仆着搂抱大地的温软。

但河上的风流还不止两岸的秀丽。你得买船去玩。船不止一种：有普通的双桨划船，有轻快的薄皮舟（canoe），有最别致的长形撑篙船（punt）。最末的一种是别处不常有的：约莫有二丈长，三尺宽，你站直在船梢上用长竿撑着走的。这撑是一种技术。我手脚太蠢，始终不曾学会。你初起手尝试时，容易把船身横住在河中，东颠西撞的狼狈。英国人是不轻易开口笑人的，但是小心他们不出声的皱眉！也不知有多少次河中本来优闲的秩序叫我这莽撞的外行给搗乱了。我真的始终不曾学会；每回我不服输跑去租船再试的时候，有一个白胡子的船家往往带讥讽的对我说："先生，这撑船费劲，天热累人，还是拿个薄皮舟溜溜吧！"我哪里肯听话，长篙子一点就把船撑了开去，结果还是把河身一段段的腰斩了去。

你站在桥上去看人家撑，那多不费劲，多美！尤其在礼拜天有几个专家的女郎，穿一身缟素衣服，裙裾在风前悠悠的飘着，戴一顶宽边的薄纱帽，帽影在水草间颤动，你看她们出桥洞时的姿态，捻起一根竟像没有分量的长竿，只轻轻的，不经心的往波心里一点，身子微微的一蹲，这船身便波的转出了桥影，翠条鱼似的向前滑了去。她们那敏捷，那闲暇，那轻盈，真是值得歌咏的。

在初夏阳光渐暖时你去买一支小船，划去桥边荫下躺着念你的书或是做你的梦，槐花香在水面上飘浮，鱼群的唼喋声在你的耳边挑逗。或是在初秋的黄昏，近着新月的寒光，望上流僻静处远去。爱热闹的少年们携着他们的女友，在船沿上支着双双的东洋彩纸灯，带着话匣子，船心里用软垫铺着，也开向无人迹处去享他们的野福——谁不爱听那水底翻的音乐在静定的河上描写梦意与春光！

住惯城市的人不易知道季候的变迁。看见叶子掉知道是秋，看见叶子绿知道是春；天冷了装炉子，天热了拆炉子；脱下棉袍，换上夹袍，脱下夹袍，穿上单袍，不过如此罢了。天上星斗的消息，地下泥土里的消息，空中风吹的消息，都不关我们的事。忙着哪，这样那样事情多着，谁耐烦管星星的移转，花草的消长，风云的变幻？同时我们抱怨我们的生活、苦痛、烦闷、拘束、枯燥，谁肯承认做人是快乐？谁不多少间咒诅人生？但不满意的生活大都是由于自取的。我是一个生命的信仰者，我信生活决不是我们大多数人仅仅从自身经验推得的那样暗惨。我们的病根是在“忘本”。人是自然的产儿，就比枝头的花与鸟是自然的产儿；但我们不幸是文明人，入世深似一天，离自然远似一天。离开了泥土的花草，离开了水的鱼，能快活吗？能生存吗？从大自然，我们取得我们的生命；从大自然，我们应分取得我们继续的资养。哪一株婆娑的大木没有盘错的根柢深入在无尽藏的地里？我们是永远不能独立的。有幸福是永远不离母亲抚育的孩子，有健康是永远接近自然的人们。不必一定与鹿豕游，不必一定回“洞府”去；为医治我们当前生活的枯窘，只要“不完全遗忘自然”一张轻淡的药方，我们的病象就有缓和的希望。在青草里打几个滚，到海水里洗几次浴，到高处去看几次朝霞与晚照——你肩背上的负担就会轻松了去的。

这是极肤浅的道理，当然。但我要没有过过康桥的日子，我就不会有这样的自信。我这一辈子就只那一春，说也真可怜，算是不曾虚度。就只那一春，我的生活是自然的，是真愉快的！（虽则碰巧那也是我最感受人生痛苦的时期。）我那时有的是闲暇，有的是自由，有的是绝对单独的机会。说也奇怪，竟像是第一次，我辨认了星月的光明，草的青，花的香，流水的殷勤。我能忘记那初春的睥睨吗？曾经有多少个清晨我独自冒着冷去薄霜铺地的林子里闲步——为听鸟语，为盼朝阳，为寻泥土里渐次苏醒的花草，为体会最微细最神妙的春信。啊，那是新来的画眉在那边凋不尽的青枝上试它的新声！啊，这是第一朵小雪球花挣出了半冻的地面！啊，这不是新来的潮润沾上了寂寞的柳条？

静极了，这朝来水溶溶的大道，只远处牛奶车的铃声，点缀这周遭的沉默。顺着这大道走去，走到尽头，再转入林子里的小径，往烟雾浓密处走去，头顶是交枝的榆荫，透露着漠楞楞的曙色；再往前走去，走尽这林子，当前是平坦的原野，望见了村舍，初青的麦田，更远三两个馒形的小山掩住了一条通道。天边是雾茫茫的，尖尖的黑影是近村的教寺。听，那晓钟和缓的清音。这一带是此邦中部的平原，地形像是海里的轻波，默沉沉的起伏；山岭是望不见的，有的是常青的草原与沃腴的田壤。登那土阜上望去，康桥只是一带茂林，拥戴着几处娉婷的尖阁。妩媚的康河也望不见踪迹，你只能循着那锦带似的林木想象那一流清浅。村舍与树林是这地盘上的棋子，有村舍处有佳荫，有佳荫处有村舍。这早起是看炊烟的时辰：朝雾渐渐的升起，揭开了这灰苍苍的天幕（最好是微霰后的光景），远近的炊烟，成丝的、成缕的、成卷的、轻快的、迟重的、浓灰的、淡青的、惨白的，在静定的朝气里渐渐的上腾，渐渐的不见，仿佛是朝来人们的祈祷，参差的翳入了天听。朝阳是难得见的，这初春的天气。但它来时是起早人莫大的愉快。顷刻间这田野添深了颜色，一层轻纱似的金粉糁上了这草，这树，这通道，这庄舍。顷刻间这周遭弥漫了清晨富丽的温柔。顷刻间你的心怀也分润了白天诞生的光荣。“春！”这胜利的晴空仿佛在你的耳边私语。“春！”你那快活的灵魂也仿佛在那里回响。

伺候着河上的风光，这春来一天有一天的消息。关心石上的苔痕，关心败草里的花鲜，关心这水流的缓急，关心水草的滋长，关心天上的云霞，关心新来的鸟语。怯伶伶的小雪球是探春信的小使。铃兰与香草是欢喜的初声。窈窕的莲馨，玲珑的石水仙，爱热闹的克罗克斯，耐辛苦的蒲公英与雏菊——这时候春光已是烂缦在人间，更不须殷勤问讯。

瑰丽的春放。这是你野游的时期。可爱的路政，这里不比中国，哪一处不是坦荡荡的大道？徒步是一个愉快，但骑自转车是一个更大的愉快，在康桥骑车是普遍的技术；妇人、稚子、老翁，一致享受这双轮舞的快乐。（在康桥听说自转车是不怕人偷的，就为人人都自己有车，没人要偷。）任你选一个方向，任你上一条通道，顺着这带草味的和风，放轮远去，保管你这半天的逍遥是你性灵的补剂。这道上有的是清荫与美草，随地都可以供你休憩。你如爱花，这里多的是锦绣似的草原。你如爱鸟，这里多的是巧啭的鸣禽。你如爱儿童，这乡间到处是可亲的稚子。你如爱人情，这里多的是不嫌远客的乡人，你到处可以“挂单”借宿，有酪浆与嫩薯供你饱餐，有夺目的果鲜恣你尝新。你如爱酒，这乡间每“望”都为你储有上好的新酿，黑啤如太浓，苹果酒、姜酒都是供你解渴润肺的。……带一卷书，走十里路，选一块清静地，看天，听鸟，读书，倦了时，和身在草绵绵处寻梦去——你能想象更适情更适性的消遣吗？

陆放翁有一联诗句："传呼快马迎新月，却上轻舆趁晚凉。"这是做地方官的风流。我在康桥时虽没马骑，没轿子坐，却也有我的风流：我常常在夕阳西晒时骑了车迎着天边扁大的日头直追。日头是追不到的，我没有夸父的荒诞，但晚景的温存却被我这样偷尝了不少。有三两幅画图似的经验至今还是栩栩的留着。只说看夕阳，我们平常只知道登山或是临海，但实际只须辽阔的天际，平地上的晚霞有时也是一样的神奇。有一次我赶到一个地方，手把着一家村庄的篱笆，隔着一大田的麦浪，看西天的变幻。有一次是正冲着一条宽广的大道，过来一大群羊，放草归来的，偌大的太阳在它们后背放射着万缕的金辉，天上却是乌青青的，只剩这不可逼视的威光中的一条大路，一群生物，我心头顿时感着神异性的压迫，我真的跪下了，对着这冉冉渐翳的金光。再有一次是更不可忘的奇景，那是临着一大片望不到头的草原，满开着艳红的罂粟，在青草里亭亭像是万盏的金灯，阳光从褐色云斜着过来，幻成一种异样紫色，透明似的不可逼视，刹那间在我迷眩了的视觉中，这草田变成了……不说也罢，说来你们也是不信的！

一别二年多了，康桥，谁知我这思乡的隐忧？也不想别的，我只要那晚钟撼动的黄昏，没遮拦的田野，独自斜倚在软草里，看第一个大星在天边出现！

心香一瓣

康桥，那样一所百年名校，不知孕育了多少知名的大家与学者，那里的名师功不可没，那里迷人的景色也或多或少起到了一定的推动作用。美丽的康桥、美丽的康河，在徐志摩诗一样的语言下，我们被带到那个如梦如幻的风景之中，不禁让人流连忘返、思绪万千。

[作者简介]

徐志摩（1896—1931），浙江海宁人。新月派诗歌代表人物，现代诗人、散文家。他深受西方教育的熏陶及欧美浪漫主义和唯美主义的影响。代表作有《志摩的诗》、《翡冷翠的一夜》、《猛虎集》等。

从求学到教书（节选）

陈岱孙

四年发愤苦读的生涯就是在这压力下逼出来的。从这时候起，在这四年中，我根本没星期日，只有星期七。

考上清华

我幼少年时代所受的教育是封建时代的旧式教育。六岁入私塾，一直念到十五岁，读的是线装古书，主要是经、史，辅之以诗文。十五岁我考入了一所教会办的中学——鹤龄英华中学——成为三年级插班生，三年级即后来的初中三年级。因为我自认为我汉文有点基础，我报考并获取为“专读生”，即免修一切汉文课程，以两年半的时间读完了六年一贯制中学的后四年课程，于

1918 年春季毕业。我从中学的时候起就立志在中学毕业后一定要升学。于是在中学毕业之日，我就面临着升学选校问题。在 1918 年春，我翻阅了当时差不多所有全国有名气的高等院校的章程和招生简单，选定了北京的清华学校、北京大学、南京的金陵大学、苏州的东吴大学、上海的圣约翰大学、沪江大学等几个大学为投考的对象。当时，国内高等院校的入学考试没采取统考的形式而是分别各自招生。为了方便考生应考，各校，在考期上，似乎有某种默契，尽量地岔开。而一个考生也尽量地参加不同校的入学考试，还可在两校中作出选择。

清华当时的考试实际上是高等科插班生入学考试，在六月中，为各校中最早举行的，从而也是我最先应考的学校。我从福州坐船来上海，住在当时英法租界交界三洋经桥一个小客栈里，考期大约四五天。完后，我又乘船回福州；因为其他大学的入学考试都晚至七八月才举行，我只好作第二次、第三次来沪的准备。必须说到，就是在这一次应考期间，我在毫无精神准备的情况下看到树立于黄浦滩公园门口草地上一块白底大黑字写着“华人与狗不许入内”的木牌子。在我从前写过《往事偶记》的一文中，我说：“我当时是毫无思想准备的，因为关于这一类牌子的存在，我是不知道的。我斗然止步了，瞪着这牌子，只觉得似乎全身的血都涌向头部。在这牌子前站多久才透过气来，我不知道。最后我掉头回店，嗒然若丧。第二天乘船回家。我们民族遭到这样的凌辱、创伤，对于一个青年来说，是个刺心刻骨的打击。我们后来曾批判过那个年代起出现的所谓各种“救国论”，但是只有心灵上经历这深巨创伤的人才会理解“救国论”有其产生的背景……

刚到清华，我有点掉以轻心，因为在中学时，虽然我承认同级同学中，有好几位成绩都在我上，我自己还认为在某些方面我还有一技之长。在清华入学不久，就遇到学期中考试。我入学晚了近一个月，拉下的功课还来不及补上去就参加考试。结果成绩不佳，有一门功课几乎不及格。我才了解到清华当时对在校学生实行严格的淘汰制。从中等科一年级起，每学年年终都淘汰了一些学生。到了高等科后，除了每年仍行淘汰外，又历年不断地遴选招收一些插班生。因此，到了高等科三四年级同学的程度都有一定的水平。由于眼光都看着将来选送出国学习的机会，学习都十分努力，竞争剧烈的。自是，我对于学习就不敢再有所怠慢。到了这学年的第二学期，我决算是赶上去了，但自度成绩仍然只是中上的水平，而又必须指出，所谓有努力学习也只是熟读了课本教材而已。

就在这一学年之末，发生了“五四运动”。在五月四日运动初发时，清华因远处郊外，并没有参加。但是，我们很快就和城内各校联系上了。我最清楚记得的那一次从六月三日开始的全市学生爱国宣传周运动。清华同学分为两批负责参加三日、四日两天的宣传工作。我被分在第二批。我们第一批同学于六月三日在前门外宣讲时，全体被军警逮捕，拘禁于北京大学的三院。消息传至学校，群情更为激奋。第二天，我们第二批宣传队约四百人，清晨从校出发，乘火车至西直门车站，整队到了西直门。但军警早有准备。我们到时，城门已紧闭，城门外军警密布。我们领队同学和军警几经交涉终不得入地矿局。于是队部决定全大队改赴德胜门。但是在我们到德胜门外时，城门也已紧闭了。看来这天无论转到任一城门我们都只有被享以闭门羹的待遇了。时间已近午，队部乃决定全大队化整为零，每十人组为一小队分赴西直门外、德胜门外及海淀镇，分头宣讲，到傍晚再分别返校。虽然在这次宣传活动中，我只有摇旗呐喊的份儿，但它对于我的撞击是巨大的。

……

从威斯康辛到哈佛

在哈佛研究院不到两个两个月，自满之气被彻底打垮了。从此以后，我才算是开始了真正发愤读书的生活，也才算尝到了读书的滋味。

哈佛经济系当时每年录入的研究生大约三十人，是经过学术委员会在几倍的申请者中筛选的。他们给我的印象都似乎比我们刚从大学本科毕业者年龄大些。询问之下，才知道他们中很大一部分都是从本科毕业，又从事教学或其他工作几年后才申请入学当研究生的。这批人都是决定将来从事教学研究工作或高级经济实务工作者。经济系本科毕业生的程度都是不够用的，必须在本科的基础上加深一步。而据我当时的了解，一般的家庭，在培养子弟时，只以本科为限。本科毕业后，家长的责任已经尽了。如果子弟还想入研究院，就必须自谋资助的来源。因此，这类学生，在本科毕业后，必须参加一段工作，积累足以维持二三年求学费用之后才能来研究院深造。因之，他们年龄较大，思想较成熟。而更突出的是，由于上学的费用是自己勤工所得节省下来的，他们入学后，以全部时间用在苦读。大学本科生一切课外的体育、文娱、社交等活动几乎全部取消。当然，研究生中还有一些从本科毕业后直接升学者。但他们十之八九都是各大学本科毕业班中的尖子。这情况我在入学后不久就发现了。经济系研究生班有一个自修室，自修室旁边有一个能容纳三十来人的西敏纳尔室。我们这一批第一年研究生，于上课之余，几乎每天都来自修室读书。读书之余，经常相互问难。当论点的分歧激化时，为了避免干扰别人，执辞不一的人就退入西敏纳尔室，关上门，然后大声争辩。这种场合我也有时参加，但不久就有点内怯，感到自己的学识不大如人。我发现，在争辩时，许多人提出的意见，论点都不只限于课堂所涉及或指定参考书的范围，而经常有更详尽、精辟的意见。我经常感到我自己的眼光太窄了、见识太浅了。这种落后的情形必须改变。四年发愤苦读的生涯就是在这压力下逼出来的。从这时候起，在这四年中，我根本没星期日，只有星期七。除了有两个暑天参加中国旅美学生会召集的夏令会，用去了二十天外，这几年的寒暑假也根本取消了。

读书的内容也变了。对于专业的书籍，除了教师所指定的参考书外，我以参考书为导线，又读了不少有关的书籍和资料……

由于导师卜洛克教授的特别推荐，我获得一个更好的读书条件，被批准在校图书馆的书库里使用一个摆有一小书桌的专用研究小隔间的权利。从此，我就再不去上述的经济系研究生自修室，而每日待在这小隔间里读书。隔间的旁边就是书库中的一排排的书架。我除浏览和我的专业有关的书籍外，还有时兼及于其他有关社会科学、哲学、历史等等的名著。更方便的是，我可以任意从书架上抽出我要看的书，带到小隔间去阅读。阅读后不要再读的书，只需平放在小桌上，晚间书库内的工作人员，在巡库时，就会把它取回分别还插在原架上：如果我要保留这书，以便续看，我只要把它放在我的小书桌旁边的上书架上，插上一“请予保留”的条子，书库工作人员就不会把书收走。有时到了下午四五点钟，实在太累了，我就到图书馆楼下一间名为瓦德纳纪念室的阅览室里偷得一二小时的休闲。这是一个罗列欧美文学名著的开架阅览室。在宁静的环境、柔和的灯光下，我有时借此消磨晚饭前一两小时的辰光。晚饭后，我回宿舍，又恢复正经书的学习了。

这是我平生一次最长期的、密集式的读书时间，也是我的专业知识迅速长进的时间，更是我感到读书最有兴趣的时间。我离开哈佛大学，别的没多留恋，就是为这个密集读书生活的结束，有点惘然。

心香一瓣

求学岁月是人生中最美好、最难忘的回忆之一。不是因为它的无忧无虑，而是因为那份能够尽情吮吸知识琼浆玉露的自由与充实。

三尺讲台，躬耕杏坛，也注定了与知识与真理为伍的一生。播撒文明的火种，传递真理的火炬，自古以来就是一项伟大而崇高的事业。

物质富足远没有精神富足带给人的幸福深厚而久远。与书为伴、与知识同行的人，心灵的世界永远是单纯、宁静而丰富的。

作者简介

陈岱孙（1900—1997），著名经济学家、教育家。原名陈总，生于福建省闽侯县。他在财政学、统计学、国际金融、经济学说史等方面都有极高的研究成就。

从金陵中学到金陵大学（节选）

程千帆

人生道路是被偶然所决定的呢，还是有其必然性，对此，我常常感到迷惘。我不知道偶然性只是在诸必然性的交叉点上出现的说法，能否说明这个令人迷惘的问题。

接受现代教育

1928年的秋天，由于一个偶然的机会，我从私塾学习改进新式学校，从汉口来到南京，考入金陵大学附属中学初中三年级，作为一名插班生，开始接受了八年正规的现代教育，直到1936年大学毕业。

我在金陵中学学习了四年，开始从多方面接触现代科学。我至今怀念在中学时代给我教益的几位语文老师：带着浓重安徽口音的张剑秋先生，他的诗人风度和抒情性的讲授是非常富有吸引力的；泰州林从周先生永远是那么容止闲雅，谈笑从容，知识就在不知不觉中流进了学生的心田脑海；余姚黄云眉先生，后来是海内外知名的明史专家，在上高中三年级课时，两个学期只为我们讲了一篇曾国藩的《圣哲画像记》，事实上却是以此为纲，上着国学概论的课。这种概论式的宏观论述是我在私塾学习时所不曾接触过的，所以“受之者其思深”。由于我在作业中发表了一些对李商隐诗的谬论，黄先生还特地将我叫去，勉励有加。这些半个多世纪以前的事，是我难以忘怀的。

在高中时，我遇到一位极好的化学老师：宁波王实铭先生。在他的循循善诱下，我对化学兴趣大增，成绩也极好。1932 年 8 月我升入金陵大学时，原先准备读化学系，但当我去注册交费时，竟然要付一百多块钱。我父亲当时失业，无力负担，于是我遍查各系交费情况，发现中文系只要化学系的一半，我就进了中文系而走上了一条完全不同的道路，这也似乎有些偶然。人生道路是被偶然所决定的呢，还是有其必然性，对此，我常常感到迷惘。我不知道偶然性只是在诸必然性的交叉点上出现的说法，能否说明这个令人迷惘的问题。这样，我就没有机会当戴安邦等老师的门徒，却做了黄侃、吴梅诸位老师的学生。我想，如果当初成了戴老师的学生，我也会在配位化学方面做出成绩来，不会当戴老师的不争气的门徒的。

进入大学以后，现代文、现代的科学和现代的意识，对我来讲受益匪浅。我跟王绳祖先生学欧洲近代史，他从维也纳会议讲起，一直讲到第一次世界大战；然后跟陈恭禄先生学中国近代史，从鸦片战争讲起。还有一门社会科学概论，是一门通论课，教社会学两个星期，经济学两个星期，法律学两个星期，人类学两个星期，等等，都讲得很扼要，讲完就考试。授课教师名叫虎臣，是个回教徒，后来去了美国，一直没有回来。他博学多能，也非常会讲课。所有这些课程，使我由一个完全接受鸦片战争以前的知识的人，通过两年的训练变得“现代化”了。我也由过去的读写之乎者也，开始写新诗和白话文。然后再开始接受在今天我们看来是国学大师的训练。三十年代南京的高等学府中，大师云集。有的我获得受业门下、亲承音旨的机会；有的虽未尝从学，却也曾进登龙门，有所请益。现在想起来，确实是一个非常难得的机会。我跟黄季刚（侃）先生学过经学通论、《诗经》、《说文》、《文心雕龙》；从胡小石（光炜）先生学过文学史、文学批评史、甲骨文、《楚辞》；从刘衡如（国钧）先生学过目录学、《汉书·艺文志》；从刘确果（继宣）先生学过古文；从胡翔冬（俊）先生学过诗；从吴瞿安（梅）先生学过词曲；从汪辟疆（国垣）先生学过唐人小说；从商锡永（承祚）先生学过古文字学。我是金大的学生，但中央大学老师的课我也常跑去听，因为那个时候是鼓励去偷听的。我曾向林公铎（损）先生请教过诸子学，向汪旭初（东）、王晓湘（易）两先生请教过诗词。汪辟疆先生精于目录学和诗学，虽在金大兼过课，但没有开设这方面的课程，我也常常带着问题，前去请教。

中大的管理很松，那时找到一个同乡就可以躲在学生宿舍里，钱也不交，就这样读四年。像佘雪曼先生就完全是在中大偷听出来的。他口头表达力很好，字也不错，还会画画。后来在南洋大学教书，再后来到香港办了个雪曼艺文院。金陵大学就不一样，有秩序，办事有条理，不像国立大学那样随随便便、纪律散漫。从整个金陵大学的学风看，不只是国学的，而是对待整个的学问的态度，教会学校的那种严格对我大有好处。我1978年回到南京大学，那时教务处一些很老的从金大一直留下来当职员的，都非常能干。

关于老师们，季刚先生树义谨严精辟，谈经解字，往往突过先儒，虽然对待学生过于严厉，而我们都认为，先生的课还是非听不可的，挨骂也值得。小石先生的语言艺术是惊人的，他能很自在地将复杂的问题用简单明了的话表达出来，由浅入深，使人无不通晓。老师们对自已的研究成果，也从不保密。如翔冬先生讲授《重订中晚唐诗主客图》，瞿安先生讲授《长生殿》传奇法律，便都是自已研究多年的独得之秘，由于我们的请求，毫无保留地传授给了学生。这种精神令我终身奉为圭臬，对学生丝毫不敢藏私。

瞿安先生的学问很有意思，他最早专门研究戏剧，后来研究散曲。他是一位大师，虽然他本人只在曲方面比较全面。但是他的散曲研究传给了卢冀野、任二北，曲律研究传给了蔡莹、王玉章，对词的研究传给了唐圭璋，南戏研究传给了钱南扬。然后任先生往唐朝发展，也有的往后发展。如钱南扬先生研究宋元 以后，除南戏以外，笑话、谜语都研究。

我选了这些大师的课，现在回想起来，最吃亏的就是对整个国学缺乏全面占有的欲望。这么好的老师——黄季刚先生，他的学生也都是大师了，而我感觉声韵学比较干枯，很难学，就不选，只选了有兴趣的课，像《文心雕龙》之类。

我在金大的得益处也不完全来自于大师，有一位历史系的讲师陈登原先生，研究文化史，他的阅读面非常之广，他写的《中国文化史》、《国史旧闻》都非常博洽。我喜欢博览群书，无论懂不懂，无论是否自己所需要的，都想看看。这就是从陈先生那儿学来的。当时别人并不重视他，但是我在陈先生那里得到很大的好处。

我在进金大之前，几乎没有接触什么白话文。这时我开始大量阅读白话文，很多时间在图书馆里看杂志，看整本的白话书倒不多，但杂志看得较多，差不多每一期的《清华学报》、《燕京学报》都看。另外，凡是遇到论战我都很注意，比如中国社会史的论战，到现在为止，托洛茨基的那些理论我还是不懂。不懂归不懂，当时吃下去再说，拿卡片记下来。还有呢，就是练习写。最初的白话文写作是学做新诗，现在还留了一本小诗集在那儿。当时练习写作，跟穷困也有关系。在报纸的副刊上写小文章，五毛钱一千字，一块钱就不错了。如果有三块钱一千字的文章，四千字发表了，十二块钱，差不多一个半月的伙食费都解决了。因为那个时候六块钱就可以吃一个月饭，如果是八块钱呢，一菜一汤还带一点点肉。我是个很穷的学生，全靠自己奋斗出来。我那个时候能写各式各样的文章，只要报刊需要我就写，一个月有个五六块钱，最好有个十块钱，就能够过下去了。那时我父亲大概有两年的时间没有工作，我不可能得到家里的接济，所以我就向各种地方投稿。我也写小说，写小说的最好成绩是在《东方杂志》上发表的。就这样，在一个非常困难的环境中把大学念完了。刚好那个时候金陵大学的史学研究所被批准成立了，我考取了，那等于是硕士研究生。考取了以后一年能得到四百块钱的奖学金，生活是够了。可是偏偏又要打仗了，也就没有办法读书，所以我是被金陵大学史学研究所录取的学生，但是没有上。那个时候已经同沈祖棻恋爱了，想结婚了。她是研究所毕业，我是大学毕业。我在金陵中学教书，就想一边教书，一边在金陵大学的历史研究所读课程。当时还有一个机会就是到燕京大学去，到哈佛燕京学社，也有一定的奖学金，那就像王锺翰这些人一样，同他们一辈。他们审查了我的作业，说你的英语不行，过来补一年英语，第二年录取你。当然没想到要打仗了。燕京大学的那些教授有顾颉刚、洪业，还有陆侃如他们，当时我有一种很奇怪的想法，好像给黄季刚、吴梅先生当过学生的，再去给顾颉刚他们当学生，就吃了亏一样。这种心理很奇怪，我也很少同人家讲起。中国旧学很注重传统、班辈。当大师的晚年学生，在辈份上就很占便宜。的确是的，比如任老（二北）是我的前辈，但他同我说起来是师兄弟，他写信给我也是这样称呼的。

心香一瓣

没有谁能够预知自己的明天，生活永远都是充满变数的。

当无法掌控客观结果时，不妨锻炼自己的适应性，用主观努力去把握自己的命运。

偶然的风浪，也许会打翻我们扬帆远行的船儿，但勇敢和智慧的水手，不会在变故中迷失了自己的方向。所以，他们最终能把成功变为一种必然。

作者简介

程千帆（1913—2000），九三学社社员、著名中国古代文史学家、教育家。千帆是其曾用过的许多笔名之一。1936 年毕业于金陵大学。历任金陵中学、金陵大学、四川大学、武汉大学教职。1978 年任南京大学教授。他在校雠学、历史学、古代文学、古代文学批评领域有着杰出的成就。代表作有《校雠广义》、《史通笺记》、《程氏汉语文学通史》、《被开拓的诗世界》等。

圣约翰大学

林语堂

为了洗雪耻辱，我开始认真在中文上下功夫。首先，我看《红楼梦》，藉此学北京话，因为《红楼梦》上的北京话还是无可比拟的杰作。

我很幸运能进圣约翰大学，那时圣约翰大学是公认学英文最好的地方。由于我刻苦用功，在圣大一年半的预备学校，我总算差不多把英文学通了，所以在大学一年级时，我被选为 ECHO 的编辑人而进入了这个刊物的编辑部。我学英文的秘诀就在钻研一本袖珍牛津英文字典上。这本英文字典，并不是把一个英文字的定义一连串排列出来，而是把一个字在一个句子里的各种用法举出来，所以表示意思的并不是那定义，而是那片语，而且与此字的同义字比较起来，表现得生动而精确；不但此也，而且把一个字独特的味道和本质也显示无遗了。一个英文字，或是一个英文片语的用法，我不弄清楚，决不放过去。这样 precarious 永远不会和 dangerous 相混乱。我对这个字心中就形成一个把握不牢可能失手滑掉的感觉，而且永不易忘记。这本字典最大的好处，是里面含有英国语文的精髓。我就从这本字典里学到了英文中精妙的片语。而且这本字典也不过占两双袜子的地方，不论我到何处去旅行，都随身携带。

当时学习英文的热情，持久不衰，对英文之热衷，如鹅鸭之趋水，对中文之研读，竟全部停止，中国之毛笔亦竟弃而不用了，而代之以自来水笔。此时以前，我已开始读袁了凡之《纲鉴易知录》。此时对中文之荒废，在我以后对中国风俗、神话、宗教做进一步之钻研时，却有一意外之影响，详情当于次章论及。在圣约翰大学，学生之中文可以累年不及格而无妨害，可照常毕业。

当时有一位中国教师，是老派的秀才，不知道如何上课。将近一百页的民法，他继续不断地读，然后解释，这样一点钟上大约十行，这样一本如此薄薄的书，就可以拖长讲上一学期，每点钟讲完那十行，便如坐禅沉思，向我们学生凝神注视，我们也同样向那位老先生望着。因为学生不能在完全真空中将头脑镇定静止，我们大都乘机带进别的书去偷看，藉以消磨时间。我分明记得当时暗中看达尔文、赫克尔（Haeckel）的著作，还有张伯伦（William Howard Chamberlain）的《十九世纪之基础》（Foundations of Nineteenth Century），这本历史对教历史的教授的影响是很大的。那位老秀才有一次告诉我们可以坐汽车到美国，他于是成了学生们的笑柄。在民国十九年之后，圣约翰改成中国式的大学，里面的情形也就与前大不相同了。

诚然，圣约翰大学能举出优秀的毕业生如顾维钧、施肇基、颜惠庆等，他们都曾任驻美大使，但是就英文而论，圣约翰这个大学似乎是为上海培养造就洋行买办的。

一直等我进了哈佛大学，我才体会到在大学时代我所损失的是什么。圣约翰大学的图书馆有五千本书，其中三分之一是神学。我对这整个的图书馆，态度很认真，很细心，其中藏书的性质，我也知道，我在这方面是颇为人所称誉的。来到中国做传教士的洋人之中，有些好教授，如巴顿·麦克奈（Barton McNair）教授，还有一位瑞迈尔（Remer），学识都很好；还有一位美国布鲁克林口音很重的教授，因为对圣约翰大学极具热心，自动义务来教书。

校长卜舫济博士（F. L. Hawks Pott），娶了一位中国的淑女为妻。他治事极具条理，据说他固定将一本长篇小说每周读一章，一年读毕。在他的图书室里，我看见一卷 Bradley 的著作。他有子三人。幼子后来为 Elmira 学院的院长。我永远不能忘记他在大会后每日早晨在校园的步行一周。在大会与全体祷告之后，带着他的黑口袋，由宿舍的舍监陪同，他各处去察看，要在回到办公室之前，注意一下哪些事要做。我相信，伦敦伊顿学校校长安诺德博士对学校的理想，是认为学校是训练品格的地方，就好像天津南开大学校长张伯苓对学校的理想一样，安诺德博士他自己总是和学生一同做早晨的斋戒。现在中国好多有地位的领导人物是天津南开大学的毕业生。

我在圣约翰大学将近二年级时，学校又增加了一块私产，与原校产相接，有乔木，有草坪，极为美丽。我就在此美丽的环境中度过愉快的时光。倘若说圣约翰大学给我什么好处，那就是给了我健康的肺，我若上公立大学，是不会得到的。我学打网球，参加足球校队，是学校划船队的队长。我从夏威夷的男生根耐斯学打棒球，他教我投上弯球和下坠球。最出色的是，我创造了学校一英里赛跑的纪录，参加了远东运动会，只是离获胜还远得很。学校当局认为这种经验对我很有益处。我记得家父当时在上海，到运动场去看我，很不赞成我参加比赛，认为这与智能的比赛毫不相干。

我从来没有为考试而填鸭死记。在中学和大学我都是毕业时考第二，因为当时同班有个笨蛋，他对教授所教的各种学科都看得十分正经。在大家拼命死记准备考试得高分时，我则去钓鱼消遣。因为圣约翰大学濒苏州河湾，所以可以去捉死鳗鱼、鲦鱼和其他小鱼，以此为乐而已。在二年级时，休业典礼上，我接连四次到讲台上去接受三种奖章，并因领导讲演队参加比赛获胜而接受银杯，当时全校轰动。邻近的女子大学圣玛丽大学的女生，一定相当震动。这与我的结婚是有关系的。

我曾经说过，因为我上教会学校，把国文忽略了。结果是中文弄得仅仅半通。圣约翰大学的毕业生大都如此。我一毕业，就到北京清华大学去。我当时就那样投身到中国的文化中心北京，您想象我的窘态吧。不仅是我的学问差，还有我的基督教教育性质的影响呢。我过去受限制不得看中国戏，其实大部分中国人都是从中国戏里得以知道中国历史上那些名人的。使巴勒斯坦的古都耶利哥城陷落的约书亚将军的号角，我都知道，我却不知道孟姜女的眼泪冲倒了一段万里长城。而我身为大学毕业生，还算是中国的知识分子，实在惭愧。

为了洗雪耻辱，我开始认真在中文上下功夫。首先，我看《红楼梦》，藉此学北京话，因为《红楼梦》上的北京话还是无可比拟的杰作。袭人和晴雯说的语言之美，使多少想写白话的中国人感到脸上无光。

我该怎么办呢？我无法问别人杜诗评注的问题，因为好多拥有哲学博士的教授，或是电机系的教授，他们中国文学的知识之贫乏，和我是伯仲之间。我找到了卖旧书出名的琉璃厂，那条街上，一排一排的都是旧书铺。由于和书商闲谈，我发现了我在国学知识上的漏洞，中国学者所熟知的，我都不知道。与书商的随便攀谈，我觉得非常有趣，甚至惊异可喜。我们的对话比如："这儿又有一本王国维的著作《人间词话》。"其实我是生平头一次发现他的此一著作。又如："这儿又有一套《四库集录》。"后来，我也学会谈论书籍，甚至谈论古本了。

民国六年到民国七年，是中国的新文化运动期间，文学革命的风暴冲击到全中国，我是民国五年在圣大毕业的。中国那时思想上正在狂风急浪之中。胡适之博士在纽约已经开始提倡"文学革命"，陈独秀则领导对"孔家店"的毫不妥协的激烈攻击，攻击儒家思想如"寡妇守节不嫁"、"贞节"、两性标准、缠足、扶乩，等等。胡适向中国介绍自由诗，提倡用白话写新诗，易卜生剧本《傀儡家庭》，以及王尔德的唯美主义，萧伯纳的戏剧。他更进一步指出中国的落后，不仅在科学、工艺，而且在现代政治组织，甚至文学、戏剧、哲学。所有的青年学生都受到鼓舞。好像是吹来一阵清风。其实吴稚晖早已提出了警告，他说“把线装书扔入厕所里去”。周树人后来也随着说“所有中国的古书都有毒”。

胡适在民国七年回到北京时，我以清华大学教员的身份也在场欢迎他。他由意大利返国，当时引用荷兰神学家 ErasBmus 的话说：“现在我们已然回来。一切要大有不同了。”我在北京的报上写文章，支持用白话写作，理由是欧洲各国文学在十五与十六世纪兴起时，都是用当时的白话，如意大利的但丁和包加邱都是。我的文章引起了胡适之注意，从那时起，我们一直是朋友。

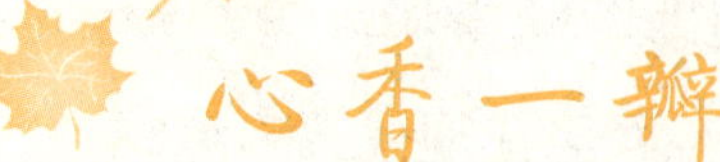

心香一瓣

圣约翰大学是第一个将西方教学风格引入中国的学校，除了非常重视英语以外，宗教、体育和课外活动也丰富多彩。

林语堂先生能够成为“两脚踏东西文化，一心著宇宙文章”的著名文化学者，与他在当年圣约翰大学所受到的熏陶有很大关系。当然，他能够成为学贯中西的一代大家，最主要靠的是高度的学习自主性与当时的时代环境的催化。

今天的教育，要培养出杰出的人才，还有赖于整个社会教育观的端正和教育制度的创新，有赖于素质教育的真正推行。

作者简介

林语堂（1895—1976），中国当代著名学者、文学家、语言学家。福建龙溪（现福建省漳州市平和县坂仔镇）人。笔名毛驴、宰予、岂青等，早年留学国外，回国后在北京大学等著名大学任教，一生著述颇丰，代表作有《翦拂集》、《京华烟云》、《孔子的智慧》等。

梦萦水木清华

季羡林

我把清华校风归纳为八个字：清新、活泼、民主、向上。

离开清华园已经五十多年了，但是我经常想到她。我无论如何也忘不掉清华的四年学习生活。如果没有清华母亲的哺育，我大概会是一事无成的。

在三十年代初期，清华和北大的门槛是异常高的。往往有几千学生报名投考，而被录取的还不到十分甚至二十分之一。因此，清华学生的素质是相当高的，而考上清华，多少都有点自豪感。

我当时是极少数的幸运儿之一，北大和清华我都考取了。经过了一番艰苦的思考，我决定入清华。原因也并不复杂，据说清华出国留学方便些。我以后没有后悔。清华和北大各有其优点，清华强调计划培养，严格训练；北大强调兼容并包，自由发展，各极其妙，不可偏执。

在校风方面，两校也各有其特点。清华校风我想以八个字来概括：清新、活泼、民主、向上。我只举几个小例子。新生入学，第一关就是“拖尸”，这是英文字 toss 的音译。意思是，新生在报到前必须先到体育馆，旧生好事者列队在那里对新生进行“拖尸”。办法是，几个彪形大汉把新生的两手、两脚抓住，举了起来，在空中摇晃几次，然后抛到垫子上，这就算是完成了手续，颇有点像《水浒传》上提到的杀威棍。墙上贴着大字标语：“反抗者入水!”游泳池的门确实在敞开着。我因为有同乡大学篮球队长许振德保驾，没有被“拖尸”。至今回想起来，颇以为憾：这个终生难遇的机会轻轻放过，以后想补课也不行了。

这个从美国输入的“舶来品”，是不是表示旧生“虐待”新生呢?我不认为是这样。我觉得，这里面并无一点敌意，只不过是对新伙伴开一点玩笑，其实是充满了友情的。这种表示友情的美国方式，也许有人看不惯，觉得洋里洋气的。我的看法正相反。我上面说到清华校风清新和活泼，就是指的这种“拖尸”，还有其他一些行动。

我为什么说清华校风民主呢?我也举一个小例子。当时教授与学生之间有一条鸿沟，不可逾越。教授每月薪金高达三四百元大洋，可以购买面粉二百多袋，鸡蛋三四万个。他们的社会地位极高，往往目空一切，自视高人一等。学生接近他们比较困难。但这并不妨碍学生开教授的玩笑，开玩笑几乎都在《清华周刊》上。这是一份由学生主编的刊物，文章生动活泼，而且图文并茂。现在著名的戏剧家孙浩然同志，就常用“古巴”的笔名在《周刊》

上发表漫画。有一天，俞平伯先生忽然大发豪兴，把脑袋剃了个净光，大摇大摆，走上讲台，全堂为之愕然。几天以后，《周刊》上就登出了文章，讽刺俞先生要出家当和尚。

第二件事情是针对吴雨僧（宓）先生的。他正教我们“中西诗之比较”这一门课。在课堂上，他把自己的新作十二首《空轩》诗印发给学生。这十二首诗当然意有所指，究竟指的是什么?我们说不清楚。反正当时他正在多方面地谈恋爱，这些诗可能与此有关。他热爱毛彦文是众所周知的。他的诗句“吴宓苦受（毛彦文），三洲人士共惊闻”，是夫子自道。《空轩》诗发下来不久，校刊上就刊出了一首七律今译，我只记得前一半：

一见亚北貌似花，

顺着秫秸往上爬。

单独进攻忽失利，

跟踪盯梢也挨刷。

最后一句是：“椎心泣血叫妈妈。”诗中的人物呼之欲出，熟悉清华今典的人都知道是谁。

学生同俞先生和吴先生开这样的玩笑，学生觉得好玩，威严方正的教授也不以为忤。这种气氛我觉得很和谐有趣。你能说这不民主吗?这样的琐事我还能回忆起一些来，现在不再啰唆了。

清华学生一般都非常用功，但同时又勤于锻炼身体。每天下午四点以后，图书馆中几乎空无一人，而体育馆内则是人山人海，著名的“斗牛”正在热烈进行。操场上也挤满了跑步、踢球、打球的人。到了晚饭以后，图书馆里又是灯火通明，人人伏案苦读了。

根据上面谈到的各方面的情况，我把清华校风归纳为八个字：清新、活泼、民主、向上。

我在这样的环境中生活、学习了整整四个年头，其影响当然是非同小可的。至于清华园的景色，更是有口皆碑，而且四时不同：春则繁花烂漫，夏则藤影荷声，秋则枫叶似火，冬则白雪苍松。其他如西山紫气，荷塘月色，也令人忆念难忘。

现在母校八十周年了。我可以说是与校同寿。我为母校祝寿，也为自己祝寿。我对清华母亲依恋之情，弥老弥浓。我祝她长命千岁，千岁以上。我祝自己长命百岁，百岁以上。我希望在清华母亲百岁华诞之日，我自己能参加庆祝。

心香一瓣

何人不曾青春年少、何人不曾怀揣希望踏进大学的校门，而走进清华更是多少人梦寐以求的愿望。

美丽的清华园、美丽的梦想，那些人、那些事是岁月长河中最美的风景。

岁月悠悠，时光荏苒，蓦然回首，那些远去的身影，依旧萦绕在脑海，所有的记忆都打上了青春的烙印。人到暮年，再忆起那些年少的时光，何尝不是一种感动？

作者简介

季羡林（1911—2009），字希逋，又字齐奘。中国著名文学家、语言学家、教育家和社会活动家，翻译家，散文家，精通 12 国语言。曾历任中国科学院哲学社会科学部委员、北京大学副校长、中国社科院南亚研究所所长。代表作有《中印文化关系史论集》、《印度简史》、《佛教与中印文化交流》等。

漫说大学之大（节选）

钱理群

人生的季节跟自然的季节是一样的，春天该做春天的事，夏天该做夏天的事。自然季节不能颠倒，人生季节同样不能颠倒。

今天看到在座的诸位大学生们，我很自然地想起了四十八年前的事。四十八年前我十七岁，考取了北大中文系，也是非常的兴奋，同时也有点惶惑。我想，这是跟诸位上大学的心情是一样的。上大学对人生来说是非常重要的一件大事情，有许多问题需要认真思考。其中一个最重要的问题，是我当年思考的，我想也是今天在座的诸位同学所要思考的，就是“如何度过大学四年——这人生最宝贵的时光”？

一、大学时代：人生的盛夏

为什么说这是人生最宝贵的时光呢？根据我的经验，十六岁到二十六岁是人生的黄金岁月。十六岁以前什么都懵懵懂懂的，完全依赖于父母和老师，十六岁以后就开始独立了，二十六岁以后就开始考虑结婚啊、生孩子啊这么一大堆乱七八糟的事，真正属于自己的独立的时间就不多了。而这十六岁到二十六岁十年之间，大学四年又是最独立、最自由的。当然如果你想延长的话，你还可以考研究生，将这四年再延长一下。如何不虚度人生中这最自由的、最没有负担的、真正属于自己的四年的时间，是摆在每一个大学生面前的问题。

大学之不同于中学，最根本的转变在于：中学时你是未成年人，对你的要求很简单，你只要听老师的、听父母的，按照他们的安排去生活就行了；到了大学你就是公民了，可以享受公民的权利，但又不到尽公民义务的时候。中学生和大学生最大的区别是：大学生是一个独立自主的个体，中学生是被动地受教育，而大学生是主动地受教育。当然在大学你还要听从老师的安排、听从课程的安排，那是国家教育对你们的要求。但是更重要的是要发挥自己的主动性，自由地设计和发展自己。有同学给我写信说我考上大学了，满怀希望进大学，结果一上课就觉得老师的课不怎么样，对老师不满意。我觉得其实每个大学都有一些不太好的老师，北大也一样！不可能所有的课都是好的。中学老师不太好的话，会影响你的高考。但是在大学里，关键在你自己，时间是属于你的，空间是属于你的，你自己来掌握自己，自己来学习。不必像中学那样仅仅依赖老师，需要自己独立自主，自我设计。

那么这就产生了一个问题，大学是干什么的？你到大学来是为了完成什么任务？我想起了周作人的一个很基本的观点：一个人的成长一切都顺其自然。他说人的生命就像自然的四季：小学和中学是人生的春天；大学是人生的夏天，即盛夏季节；毕业后到中年是人生的秋天；到了老年就是人生的冬天。人生的季节跟自然的季节是一样的，春天该做春天的事，夏天该做夏天的事。自然季节不能颠倒，人生季节同样不能颠倒。而现在的问题恰好是人生的季节颠倒了。我在北京老看见那些老大妈在那里扭秧歌，扭得非常起劲。按说这时候不应该再扭秧歌，是因为她们在年轻的时候没有好好扭过秧歌，所以到老了就要扭秧歌，而且扭得非常投入、非常狂。我有时候就在想，“老夫聊发少年狂”是可以的，如果“老夫”没完没了地在那里“狂”就不对了，到处都在跳就不大正常了。现在是老年人狂，相反，少年却是少年老成。这就出了大问题。所以我经常对北大的学生讲：“你此时不狂更待何时？”这人生的季节是不能颠倒的。按照我的观点，儿童就是玩，没别的事，如果让儿童去救国，那有点荒唐。首先在大人方面是失职，没有把国家治理好，让儿童来救国；而对儿童来说是越权，因为这不是他的权利，不是他的事。但现在的中国经常发生这种人生季节颠倒的事。

作为青年人的大学生主要该干什么？这又让我想起还是四十八年前我刚进北大一年级的时候，中文系给我们开了一个迎新晚会，当时的学生会主席，后来成为著名作家的温小玉师姐说过一句话：祝贺你们进入大学，进入大学就要三样东西：知识、友谊和爱情。爱情这东西可遇不可求，你不要为爱情而爱情，拼命求也不行。现在好多年轻人赶时髦，为时髦而求爱情是不行的。但遇到了千万不要放掉，这是我们过来人的教训。我在大学，其实是在中学就遇到了非常喜欢的女孩子，但是不敢，另外当时我是书呆子，就知道一门心思读书，懵懵懂懂不知道这就是爱情。所以大学里如果遇到了真正纯真的爱情就不要放弃。知识、友谊和爱情这是人生最美好的三样东西，知识是美的！友谊是美的！爱情是美的！大学期间同学的友谊是最可珍贵的，因为这种友谊是超功利的、纯真的友谊，同学之间没有根本的利益冲突。说实在话，进入社会之后，那种朋友关系就多多少少有些变味了，多少有利益的考虑。你们可能体会不到，我们都是过来人，现在我们大学同学喜欢聚会就是回忆当年那种纯洁的、天真无邪的友谊。一生能够有这样的友谊是非常值得珍惜的。所以我说大学是人生最美好的季节，因为你追求的是人生最美好的三样东西：知识、友谊和爱情。记得作家谌容有篇小说叫《减去十年》，如果我可以减去十年或二十年，如果现在是当时的话，我会和同学们一起全身心地投入，理直气壮地、大张旗鼓地去追求知识、友谊和爱情。因为这是我们年轻人的权利！

二、“立人”之本：打好两个底子

我们还要问的是，在大学期间要把自己培养成什么样的人？我们通常说大学是培养专家的。你在大学里是学得专业知识技能，使自己成为合格的专业人才，以后一方面可以适应国家建设的需要，适应人才市场的需要，另一方面对个人和家庭来说也是谋生的手段。我想对谋生这类问题我们不必回避。鲁迅早说过："一要生存，二要温饱，三要发展。"我们求学有这种明确的功利目的——那就是求得知识，成为专家，以后可以谋生。

但是人不仅仅要有功利目的，他还要有更大、更高的一个目标，一个精神目标。我们所确定的上大学的目标，不能局限在做一个专业技术人才、一个学者、一个专家，更要做一个健全发展的人，有人文关怀的人。人文关怀是指人的精神问题。具体地说，你在大学时要考虑这样两个问题：一、人生的目的是什么？二、怎样处理人与人，人与社会，人与自然的关系？怎样在这几者之间建立起合理的、健全的关系？思考这样一些根本性的问题就是人文关怀。这样才会建立起自己的一种精神信念，以至于信仰，才能为你一辈子的安身立命奠定坚实的基础。这个问题大学期间解决不了，研究生阶段也一定要解决，因为这是安身立命的最基本的问题。同时要不断开拓自己的精神自由空间，陶冶自己的性情，锻炼自己的性格，发展自己的爱好，提高自己的精神境界，开掘和发展自己的想象力、审美力、思维能力和创造能力，使自己成为一个健全发展的人。大学的根本的任务不仅是传授专业知识，而且是"立人"。所以大学期间要打好两个底子。首先是专业基础的底子、终生学习的底子。在现代社会知识的变化非常快，你将来工作需要应用的知识不是大学都能给你的。尤其是自然科学，你一年级学的某些东西到了四年级就有可能过时了，知识的发展太快了。因此，大学的任务不是给你提供在工作中具体应用的知识，那是需要随时更新的，大学是给你打基础的，培养终生学习的能力。今后的社会发展快，人的职业变化也很快。不是像我们想象的那样，你大学学物理你就一辈子搞物理，你很可能做别的事情。你在大学就必须打好专业技术知识的基础和终生学习的基础，这是一个底子。第二个底子就是精神的底子，就是刚刚我提到的安身立命的人文关怀。这两个底子打好了，就什么都不怕了，就像李玉和对她妈妈说的："有妈这碗酒垫底，儿子什么都能对付。"大学里这两个底子打好了，那么走到哪里你都能够找到自己最合理的生存方式。

心香一瓣

大学之“大”，在于自由。有充裕的时间去读自己想读的书、做自己想做的事。

“凡事预则立，不预则废。”职业生涯规划和人生设计的好坏，决定了我们的人生是精彩还是失败。没有一个清晰目标的指引，人生就只能如迷航的船只，漂泊在时间的洪流中，时刻都面临被倾覆的危险。

那么，如何设计自己的大学生活？打牢基础，开拓眼界，树立起科学的世界观、人生观和价值观，才是最重要的！

作者简介

钱理群（1939— ），著名人文学者，鲁迅、周作人研究专家。曾任北京大学中文系教授、现代文学专业博士生导师。主要从事中国现代文学的研究与教学。著有《中国现代文学三十年》、《心灵的探寻》、《周作人传》、《世纪末的沉思》等。2002年退休后继续与青年朋友以各种方式交流对话，为成长中的学子们打开广阔的精神空间。

大学之道

汪荣祖

现代知识结构的变化要求贯通文理，才能使学术有大的进展。社会也需要文理贯通，才能对社会有较大的贡献，这是时代发展不可逆转的趋势。

我的好朋友钱致榕教授是一位著名物理学家，现在美国名校约翰·霍普金斯大学任教。今年小别重聚，于中正大学宁静湖畔，谈大学教育，深感其语重心长，愿与读者分享。

钱教授认为，人类突飞猛进靠知识的累积。然而知识既可造福人类，也可带来灾难。福兮？祸兮？就要看价值观的抉择。21世纪大学教育的最基本要求是传授知识技能、判断能力、社会良知以及审美观念。大学传授最新的知识，以应付日新月异的社会需要，大学教师就必须做知识创新的科研工作，才能传授比较复杂而又高深的知识；若要满足二三十年后所需的知识，以保证五十年不落伍，则毕业后必须不断自学，因而也必须注重学生自学能力的培养。除此之外，还要训练独立思考、判断和解决问题的能力。

教育的最终目的，是要改善全民的生活素质；不过，知识在高度科技化的现代社会里，是一把双刃之剑，可以推动社会进步与富裕和谐，也可以谋取私利，造成贫富悬殊、破坏生态。抉择之际，在乎良知。所以大学之成败，取决于学生是否有关怀社会的良知。

今日文理分科，壁垒森严，不但严重阻碍科研的发展，也限制学生的学习和进步。当代许多重要课题，都是跨学科的。近半个世纪来各个学科都有飞跃性的进展，知识已经产生结构性的变化，学科开始重叠，文理不可能再泾渭分明，互不相干。不论学文还是学理，如果没有审美观或社会良知，判断上就会出问题，专业知识以及因知识所得到的权力，不但不能造福人类，反而可能危害社会。

当下我们既缺乏对科学知识和科学思想的掌握，也缺乏社会良知和伦理的训练，所以很多科技的决定，不一定符合社会长期的利益。现代知识结构的变化要求贯通文理，才能使学术有大的进展。社会也需要文理贯通，才能对社会有较大的贡献，这是时代发展不可逆转的趋势。然而又如何贯通文理呢？基本上可采取核心课程的方式，强调讨论与思考的教学方法。领域并不是绝对重要，重要在贯通，需要学识与使命感兼备的资深教师，从设计发展文理贯通的课程出发。目前大学文理分科的限制，使人人具备的多方面潜能无从发挥，乃是人才的大浪费。人类知识既然有了结构性的变化，文理贯通必然是21世纪大学教育的新挑战。

一个大学的社会声望，最终还是决定于毕业生对社会的贡献。大学排名的先后，迟早也将取决于他们对社会有多大的贡献。文理贯通是不可避免的趋向，这将是一场公平的竞赛，不但不需要上亿的经费，而且不需要教育部批准，也不一定要院士、科研平台，只需要有学识、有使命感的资深教授，以及有能力、有求知欲的学生，再加上有眼光的行政人员。有钱的学校不一定成功，因为他们都忙于建造科研平台去了。

心香一瓣

文理本来就不分家，未来需要的也是一专多能的通才。所以，文理分科在一定程度上不利于对学生个性的全面培养。

科学与人文，应该是相辅相成的。科学研究，需要人文价值观的引导和启发；人文学科的进步，也需要科学技术和方法的帮助。重理轻文，或者重文轻理，都是失之偏颇之举。

文理贯通，是大势所趋。所以，学校和社会应该树立正确的育人观，创造条件让学生全面成长和进步。

作者简介

汪荣祖（1940— ），著名的中国近代史学家。安徽旌德人，生于上海。获美国西雅图华盛顿大学历史学博士。历任美国弗吉尼亚州立大学教授，澳洲国立大学访问研究员，复旦大学以及台湾师大、政大、台大等校客座教授，2003 年就任台湾嘉义中正大学讲座教授。著有《康章合论》、《史家陈寅恪传》、《史传通说》、《从传统中求变：晚清思想史研究》、《学林漫步》、《诗情史意》等书。

我苦学的一些经历

蔡尚思

我坚决要离开文化很低的内地到文化很高的北京去深造，遇到的阻力可真不少，有经济上的阻力，有思想上的阻力，我主要的回答是:我宁愿到北京饿死，也不愿留在家乡平安地过一生。"人生无处不青山"、"死到沙场是善终"。

这个问题，说来话长。现在只讲我做学问的主要经过和为什么会把重点放在孔学及中国思想史方面。

从1913年到1920年，可以说是我入私塾、死背经书时期。我生在福建的德化县，这个县到处是山林而又崎岖不平，非常闭塞，全县只剩下一个前清举人，听说只他有一部《史记》而又秘不示人。

我边在农村做农业劳动，边入私塾读书，被拉去在“大成至圣先师孔夫子神位”前行开学礼以后，就是天天死背儒家经书，背得最熟的是《四书》，光背诵而不了解其意义，真感痛苦；一直到了懂得它的内容之后，才觉得幼时死背书的好处，自恨没有多背些古书。现在无论是自己和别人的有关著作，哪怕只差一个字，我一看就知道其非原文。这比之一部分中青年人，我和读过私塾者都是占了便宜的。内地崇拜孔圣人的空气非常浓厚，我当然也不可能不是一个尊孔者。

到了二十年代的前半，是我去永春打学问基础时期。永春是我的邻县，我称它为第二故乡。那里有一个省立中学，校长是前清举人郑翘松，他也是一个有名的诗人。他藏书相当丰富，我就向他借先秦诸子书来读。这么一来，有得比较，我就逐渐对孔子和诸子一视同仁了。我的知识就扩大到诸子的哲学、《史》、《汉》的史学、唐宋八家的文学等等，特别是用功研究韩文、《史记》、《庄子》，也能背诵其大部分，主要目的在于模仿写作古文。后来把文稿带去北京发表，张恨水、梅光羲等都看出我对于韩文研究有一定基础。

我坚决要离开文化很低的内地到文化很高的北京去深造，遇到的阻力可真不少，有经济上的阻力，有思想上的阻力，我主要的回答是：我宁愿到北京饿死，也不愿留在家乡平安地过一生。“人生无处不青山”、“死到沙场是善终”。

从 1925 年到 1928 年，是我独自远上北京从师问学时期。我因闽南发生战事迟到，来不及报考新开办的清华学校研究院，于是特去拜望王国维，请他指示“应当怎样研究经学，要从哪些主要著作入手”。他面谈和复书都指出段（玉裁）、王（念孙）著作和《史记》、《汉书》等书的重要性。他勉励我：“年少力富，来日正长，固不可自馁，亦不可以此自限。”这是我到北京第一次得到的前辈鼓舞和深刻教育。我从王老师这人想到许多重大问题：他只有大学问而没有什么大资格大名气，可见一个学者在实学而不在什么虚名。他宁做教授，不做院长，足见学术专家的地位和贡献并不下于行政领导。他的《殷周制度论》、《宋元戏曲史》、《人间词话》等书，令人想见学术专著在精不在多，在质量不在数量。他在政治思想上是清末遗老，在学术成就上几乎首屈一指。学术与政治并不完全一致，我们固然不好以其政治倾向而否定其学术贡献，可也千万不要以其学术贡献而肯定其政治倾向。他对于古文字学的基础比同时的学者都好，所以他研究殷周古史的成就也比同时的学者都大。我对于他特长的甲骨文未免望而生畏。同时，我又把关于评论先秦诸子思想的一本稿子请梁启超指正，他用“更加覃究，当可成一家言”等语来郑重勉励我。由于我在中学时代就仰慕他的大名，多读他的大作，一旦接到他的来书，真是喜出意外，无比感动。从此时起，我更加努力研究先秦诸子思想，也是我决心研究中国思想史的正式开始。梁启超等在教育上真是“循循然善诱人”！

当时的北京学术界，仅北京大学研究所的导师，文字学方面有沈兼士等，旧文学方面有马裕藻、江瀚等，新文学方面有周作人、刘半农等，历史学方面有朱希祖、陈垣等，考古学方面有俄人钢和泰等，艺术方面有叶瀚等，西洋哲学方面有陈大齐等，佛学方面有梅光羲、李翊灼等。陈寅恪也招青年学子跟他考证梵文本某佛经。权威学者群集北京，真是极一时之盛！

我觉得很需要多方面地向他们学习，而又自苦没有多少工夫去向他们学习。结果只能就历史学、哲学、佛学等方面去向这些专家质疑问难。生平师长之多，以此时为第一。好得北大研究所和清华研究院不同，它全是自学，没有年限，用不着上课，因此我非常满意，主要生活是：一、经常去北京大学和北京图书馆看书。二、访问各导师，同他们接谈学术问题。三、自由地间断地去听一些课和学术报告。但因为我很穷，住不起公寓，只好住在宣武门外的永春会馆里，从城南到城北，距离很远，每次跑来跑去，既浪费时间，又疲劳不堪，难免影响了我专心一意的学术研究。

我在北京求学时期，正因为不必上课，就先后考上两个研究所，以资比较。另一个是孔教大学研究科，校长是康有为的高足陈焕章，听人家说他既是前清进士，又是美国哥伦比亚大学哲学博士，我也很想“识荆”与受业；那会料到我考进后，他约我谈话，要我第一、精读董仲舒、何休的著作，认为董、何的看法才是孔子的看法；第二、对孔教要先信后学，不信孔就不能学孔。我一听见，大起反感，就开始同他辩论，以为:第一、汉代经学分为今文古文两个学派，经今文学派的许多奇谈怪论反而不能代表孔学。第二、我们做学问，应当先学后信。因为先信后学是主观的，是宗教家的语言；先学后信是客观的，是科学家的语言。他要我写出关于董仲舒《春秋繁露》的书稿，我交上后，他又叫我去谈话，说我大方向不对头。我此时觉得我们彼此已经没有共同的语言；加以后来的一个冬至节，他在孔教大学内大庭中举行祭天大礼，小菜一碗一碗地排列到十来桌之长，他独自一个人头上戴一个自做的大概是竹片做成的什么古冠，大讲“复，其见天地之心乎”的经文，丑态百出，令人作呕！我自有知以来，这还是第一次遇见哩。从此以后，我再也不去上他的当了。我心中想着：我是来北京求学的，不是来入教的。北京高等学校中，北大和孔教大学，真是处于对立的地位。

1929年，我在告贷度日之后，由蔡元培介绍，开始到上海一个大学教书，又被学店老板高度剥削，过着就业失业无定和半失业的一种生活。最值得我纪念而终身难忘的倒是三十年代去南京国学图书馆读书和搜集思想史料时期。我利用失业的时间，入住图书馆，每天吃咸菜稀饭，经过馆长历史学家柳诒微的特别关照，得以自由搬书阅书查书，有时每天搬到几十部书，馆员也不敢表示厌烦。我只有一些晚上去同柳馆长谈学术和掌故问题，经常每天自己规定必须看书十六小时以上。其步骤是：一、书目的自备。自己买一部该馆印出的《图书总目》集部五大册，放在桌上，先熟悉一下，以备随时在其中作记号。二、借书的范围。凡诗、词、歌、曲、赋之类以外的所有历代文集，一部一部的依次序翻阅下去，遇有重要的资料，就在《图书总目》上注明某篇某节某行某句，以便将来请人代抄，让自己赶快多看些书。结果从数万卷文集中搜集到数百万字的思想史资料。这种读书搜集材料法，可以说是矿工开矿式的，也是蜜蜂采蜜式的，它是再好也没有的一种读书搜集材料法。

我自从此次住馆读书以后，深信人要有两个老师，一为活老师，二为死老师即图书；活老师固然可贵，而死老师的可贵又超过活老师，活老师也是从死老师来的，死老师是“太上老师”，图书馆是“太上研究院”。我过去读的两个研究所比之大图书馆，实在有如小巫之见大巫。

我过去对一些国学大师、史学专家过于盲目崇拜，到了此时才发觉他们也未必完全正确，例如章太炎的考据均田井田思想，以为历史上只有几个人，我却查出几十个人。陈垣的《史讳举例》一书，我做学生时不敢说一个“不”字，此时就为它补出好多类例来。才真体会到古人所谓“学然后知不足”，“学无止境”。北大研究所的研究生，期限是由自己规定的，期满可由自己延长。我自认一辈子都是研究生，永久不会毕业，自己到死也不会满足自己的求知欲。我当时还不到三十岁，所可惜的是，此后再也没有此种机会了！我至今还羡慕此种生活哩。

在解放战争时期，我曾同郭沫若、杜国库等发起全国学术工作者协会上海分会；在地下党领导下，同张志让等发起“上海大教联”，并成立一个文化研究所。我在各报章杂志上发表文章之多，此后没有超过这二三年的。当时的某大学和国民政府教育部都以孔夫子自居，而痛斥我为少正卯：“言伪而辩，悖逆反动。”我对文化界的尊孔派，也写出不少文章，予以揭露。

解放以来的三十年，对我来说似乎可以说是理论与实践有所提高、学术文化上有所突破时期，但是在文化大革命的十年中，遭遇“四人帮”的封建法西斯专政，精神上的痛苦和学术文化上的损失，比起北洋军阀、国民党、汉奸日帝任何统治时期都来得惨。我心血所聚的积稿，尤其是《中国思想史通论》一稿七十多万字，至今下落不明，最使我伤心！

也算得是“坏事变成好事”吧，“四人帮”把我从历史学系调到哲学系，不许我搞教学和科研，我就利用空闲时间钻研和温习佛学，发现佛教的三纲思想比儒法二家有过之而无不及；而佛教各宗的观点，原来也是大同小异、万变不离其宗的。

我从考进北大研究所到现在，一直在企图总结孔子思想体系。直到六十年代，才大反自己过去几十年的一个根本看法，而深信不疑地肯定孔子思想体系的核心是礼而不是仁。

心香一瓣

埋骨何须桑梓地？人生无处不青山。

青春，是人生的黄金时刻，谁都有梦想的权利。为了美好的前途，甘愿付出一切，不怕苦，不怕累，是有志青年应为的事情。

天地者，万物之逆旅；光阴者，百代之过客。处逆境而奋发图强，处顺境而不骄不躁，才是人生的大智慧。

作者简介

蔡尚思（1905—2008），号中睿，生于福建省德化县。著名历史学家、中国思想史研究专家。历任上海大夏大学讲师，复旦、沪江、光华、东吴大学和武昌华中大学、无锡国专教授，沪江大学副校长、代校长，复旦大学历史系主任、副校长、顾问。

名师（节选）

许渊冲

为了继承和发扬祖国的文化，五十年后，我把诗经、唐诗、宋词、元曲等译成了英、法文，回忆起来，不能不感激朱、闻、罗、浦诸位先生；但现在却是“英魂远影碧空尽，只见长江天际流”了。

孤帆远影碧空尽，

惟见长江天际流。

——李白《黄鹤楼送孟浩然之广陵》

联大常委、清华大学梅贻琦校长有一句名言，大意是说:大学不是有大楼、而是有大师的学府。谈到大师，清华国学研究院有梁启超、王国维、陈寅恪、赵元任四位。梁启超在 1929 年已经去

世，我读过他 1922 年 5 月 21 日在清华文学社讲的《情圣杜甫》，演讲中说：“杜甫写《石壕吏》时,他已经化身做那位儿女死绝、衣食不给的老太婆，所以他说的话，完全和他们自己说的一样……这类诗的好处在真,事愈写得详细，真情愈发挥得透彻。我们熟读他，可以理会得真即是美的道理。”从这个例子中，可以看出梁任公是如何把西方的文艺理论和中国的古典诗词结合起来的。

据说 1926 年诗人徐志摩和陆小曼结婚时，请梁启超做证婚人，不料他却在婚礼致词的时候，用老师的身份教训他们说：“徐志摩,你这个人性情浮躁，所以做不好学问；徐志摩,你用情不专，以至于离婚再娶……陆小曼，你要认真做人，你要尽妇道之责，你今后不可以妨害徐志摩的事业……”从这篇闻所未闻的婚礼致词中，也可以想见任公的为人。我虽然没有亲聆过教诲，但听说了这些“雪泥鸿爪”，也就如闻其声、如见其人了。

王国维是 1925 年来清华国学研究院任教的，他的《人间词话》是我国古代文艺理论和美学思想的一个总结。他提出的“境界说”对我很有启发，我把他的理论应用到翻译上，提出了文学翻译应该达到“知之、好之、乐之”三种境界。所谓“知之”，犹如晏殊《蝶恋花》中说的：“昨夜西风凋碧树，独上高楼，望尽天涯路。”西风扫了落叶，使人登高望远，一览无遗。就像译者清除了原文语言的障碍，使读者对原作的内容可以了如指掌一样。所谓“好之”，犹如柳永《凤栖梧》中说的：“衣带渐宽终不悔，为伊消得人憔悴。”译者如能废寝忘食，流连往返，即使日见消瘦，也无怨言，那自然是爱好成癖了。所谓“乐之”，犹如辛弃疾

《青玉案》中说的："众里寻他千百度，蓦然回首，那人却在灯火阑珊处。"这说出了译者"山穷水尽疑无路，柳暗花明又一村"的乐趣。使读者"知之"是"第一种境界"或低标准,使读者理智上"好之"是"第二种境界"或中标准，使读者感情上"乐之"是"第三种境界"或高标准。

赵元任被誉为"中国语言学之父"。我在小学时就会唱他作的歌："枯树在冷风里摇,野火在暮色中烧,西天还有些儿残霞,教我如何不想他?"1920年他在清华国学研究院任教，为英国哲学家罗素做翻译，每到一个地方演讲，他都用当地话翻译，他模仿得这样像，本地人都错认他是同乡了。谈到译诗,他也说过："节律和用韵得完全求信。"又说："像理雅各翻译的《诗经》跟韦烈翻译的《唐诗》……虽然不能说味如嚼蜡，可总是觉得嘴里嚼着一块黄油面包似的。"这些话对我很有启发，后来我译《诗经》和《唐诗》,就力求传达原诗的"意美、音美、形美"。所谓"意美",就是既不能味同嚼蜡，也不能如嚼黄油面包；所谓"音美",就包括用韵得求信；所谓"形美"就包括"节律得求信"。

在四位大师中，梁、王都在20年代去世，赵元任自1938年起，长期在美国任语言学会会长，所以我只见过陈寅恪一人。他来清华是梁启超推荐的，据说校长问梁："陈是哪一国博士?"梁答："他不是博士。"校长说："既不是博士，又没有著作，这就难了！"梁启超愤然说："我梁某也没有博士学位，著作算是等身了，但总共还不如陈先生寥寥数百字有价值，因为他能解决外国著名学者所不能解决的难题。"校长一听，才决定聘陈来清华任导师。他在清华住赵元任家,因为他“愿意有个家，但不愿成家”。赵同他开玩笑说:“你不能让我太太老管两个家啊!”他才成了家。

1939 年 10 月 27 日，我在昆中北院一号教室旁听过陈先生讲《南北朝隋唐史研究》，他闭着眼睛，一只手放在椅背上，另一只手放在膝头，不时发出笑声。他说研题也不可以太大，如两个和尚望着“孤帆远影”，一个说帆在动，另一个说是心在动，心如不动，如何知道帆动 (笑声)? 心动帆动之争问题就太大了。问题要提得精，要注意承上启下的关键，如研究隋唐史要注意杨贵妃的问题，因为“玉颜自古关兴废”嘛。

北大名师林语堂到美国去了，他写的《人生的艺术》选入了联大的英文读本；他本人也回联大作过一次讲演。记得他说过：我们听见罗素恭维中国的文化，人人面有喜色；但要知道，倘使罗素生在中国，他会是攻击东方文化最大胆、最彻底的人。罗素认为中国文化有三点优于西方文化：一是象形文字高于拼音文字，二是儒家人本主义优于宗教的神学，三是“学而优则仕”高于贵族世袭制，所以中国文化维持了几千年。但儒家伦理压制个性发展，象形文字限制国际交往，不容易汇入世界文化的主流，对人类文明的客观价值有限，所以应该把中国文化提升到世界文明的高度，才能成为世界文化的有机成分。

北大的朱光潜也没有来联大,而是到武汉大学去了。我读过他的《谈美》和《诗论》等书,得益匪浅。后来我把毛泽东诗词译成英文、法文，就把译文和译论一同寄去请教，得到他 1978 年 1 月 8 日的回信说:“意美、音美和形美确实是做诗和译诗所应遵循的。”这给了我很大的鼓舞,因为当时的译坛是分行散文的一统天下。他还告诉我:有人写过 80 封讨好江青的信，要删去毛泽东诗词中“我失骄杨”、“东临碣石”等的注解,大家就说这 80 封信是《胡筋八十拍》。朱先生还写了一首讽刺诗说:琵琶遮面不遮羞，树倒猢狲堕浊流。

不注骄杨该万死，雷轰碣石解千愁。

1983 年我来北大任教，朱先生那时 87 岁了，还亲自来看我，赠我一本《艺文杂谈》，书中说道：“诗要尽量地利用音乐性来补文字意义的不足。”又说：“诗不仅是情趣的意象化，尤其要紧的是情趣的形式化。”我从书中找到了译诗“三美论”的根据。

朱光潜虽然没有来联大,朱自清却是联大中国文学系主任。早在 1924 年，两位朱先生就在上虞春晖中学同事，朱自清教国文，朱光潜教英文。1931 年我在小学六年级时读过朱自清的《背影》，但我喜欢的不是这篇描写父子真情、朴实无华的课文，而是更能打动幼小心灵的那一篇：“桃花谢了，有再开的时候；燕子去了，有再来的时候；消逝了的日子，却一去不复返了。”

1938 年来联大后，居然在“大一国文”课堂上，亲耳听到朱先生讲《古诗十九首》，这真是乐何如之！记得他讲《行行重行行》一首时说：“胡马依北风，越鸟巢南枝”两句，是说物尚有情,何况于人？是哀念游子飘泊天涯，也是希望他不忘故乡。用比喻替代抒叙，诗人要的是暗示的力量；这里似乎是断了，实在是连着。又说“衣带日已缓”与“思君令人瘦”是一样的用意,是就结果显示原因，也是暗示的手法；“带缓”是结果，“人瘦”是原因。这样回环往复，是歌谣的生命；有些歌谣没有韵，专靠这种反复来表现那强度的情感。最后“弃捐勿复道,努力加餐饭”两句，解释者多半误以为说的是诗中主人自己，其实是思妇含恨的话:“反正我是被抛弃了，不必再提罢；你只保重自己好了！”朱先生说得非常精彩。后来我把这首诗译成英文，把“依北风”解释为“不忘北国风光”，就是根据朱先生的讲解。

心香一瓣

什么样的老师才可称为名师？显然，仅仅有学历、学识还不够，还要有独特的个性风采。

教师是人类灵魂的工程师，是传播文明与文化的使者。教书育人、为人师表，是教师的神圣天职。所以，教师个人的综合素质至关重要。

教师的风采，来自其可爱的人格。只有修身养性、提高自己的情操，才能增强其师者魅力。

作者简介

许渊冲（1921— ），笔名 X.Y.Z，江西南昌人。1943 年毕业于清华大学外文系，1944 年入清华大学研究所学习，后赴欧留学。回国后在北京、张家口、洛阳等地外国语学院任英文、法文教授。1983 年起任北京大学国际文化教授，1999 年起在清华大学讲授“中国古代诗歌翻译与赏析”课程，有“书销中外六十本，诗译英法第一人”之称。

跑警报（节选）

汪曾祺

我们这个民族，长期以来，生于忧患，已经很"皮实"了，对于任何猝然而来的灾难，都用一种"儒道互补"的精神对待之。这种"儒道互补"的真髓，即"不在乎"。这种"不在乎"精神，是永远征不服的。

西南联大有一位历史系的教授，——听说是雷海宗先生，他开的一门课因为讲授多年，已经背得很熟，上课前无需准备；下课了，讲到哪里算哪里，他自己也不记得。每回上课，都要先问学生："我上次讲到哪里了?"然后就滔滔不绝地接着讲下去。班上有个女同学，笔记记得最详细，一句不落。雷先生有一次问她："我上一课最后说的是什么?"这位女同学打开笔记夹，看了看，说："您上次最后说：'现在已经有空袭警报，我们下课。'"

这个故事说明昆明警报之多。我刚到昆明的头二年，一九三九、一九四〇年，三天两头有警报。有时每天都有，甚至一天有两次。昆明那时几乎说不上有空防力量，日本飞机想什么时候来就来。有时竟至在头一天广播：明天将有二十七架飞机来昆明轰炸。日本的空军指挥部还真言而有信，说来准来！一有警报，别无他法，大家就都往郊外跑，叫做"跑警报"。"跑"和"警报"联在一起，构成一个语词，细想一下，是有些奇特的，因为所跑的并不是警报。这不像"跑马"、"跑生意"那样通顺。但是大家就这么叫了，谁都懂，而且觉得很合适。也有叫"逃警报"或"躲警报"的，都不如"跑警报"准确。"躲"，太消极；"逃"又太狼狈。惟有这个"跑"字于紧张中透出从容，最有风度，也最能表达丰富生动的内容。

有一个姓马的同学最善于跑警报。他早起看天，只要是万里无云，不管有无警报，他就背了一壶水，带点吃的，夹着一卷温飞卿或李商隐的诗，向郊外走去。直到太阳偏西，估计日本飞机不会来了，才慢慢地回来。这样的人不多。

警报有三种。如果在四十多年前向人介绍警报有几种，会被认为有"神经病"，这是谁都知道的。然而对今天的青年，却是一项新的课题。一曰"预行警报"。

联大有一个姓侯的同学，原系航校学生，因为反应迟钝，被淘汰下来，读了联大的哲学心理系。此人对于航空旧情不忘，曾用黄色的"标语纸"贴出巨幅"广告"，举行学术报告，题曰《防空常识》。他不知道为什么对“警报”特别敏感。他正在听课，忽然跑了出去，站在“新校舍”的南北通道上，扯起嗓子大声喊叫：“现在有预行警报，五华山挂了三个红球！”可不！抬头往南一看，五华山果然挂起了三个很大的红球。五华山是昆明的制高点，红球挂出，全市皆见。我们一直很奇怪：他在教室里，正在听讲，怎么会“感觉”到五华山挂了红球呢？——教室的门窗并不都正对五华山。

一有预行警报，市里的人就开始向郊外移动。住在翠湖迤北的，多半出北门或大西门，出大西门的似尤多。大西门外，越过联大新校门前的公路，有一条由南向北的用浑圆的石块铺成的宽可五六尺的小路。这条路据说是古驿道，一直可以通到滇西。路在山沟里。平常走的人不多。常见的是驮着盐巴、碗糖或其他货物的马帮走过。赶马的马锅头侧身坐在木鞍上，从齿缝里咝咝地吹出口哨（马锅头吹口哨都是这种吹法，没有撮唇而吹的），或低声唱着呈贡“调子”：

哥那个在至高山那个放呀放放牛，
妹那个在至花园那个梳那个梳梳头。
哥那个在至高山那个招呀招招手，
妹那个在至花园点那个点点头。

这些走长道的马锅头有他们的特殊装束。他们的短袢外部套了一件白色的羊皮背心，脑后挂着漆布的凉帽，脚下是一双厚牛皮底的草鞋状的凉鞋，鞋帮上大都绣了花，还钉着亮晶晶的“鬼眨眼”亮片。——这种鞋似只有马锅头穿，我没见从事别种行业的人穿过。马锅头押着马帮，从这条斜阳古道上走过，马项铃哗棱哗棱地响，很有点浪漫主义的味道，有时会引起远客的游子一点淡淡的乡愁……有了预行警报，这条古驿道就热闹起来了。从不同方向来的人都涌向这里，形成了一条人河。走出一截，离市较远了，就分散到古道两旁的山野，各自寻找一个合适的地方呆下来，心平气和地等着，——等空袭警报。

联大的学生见到预行警报，一般是不跑的，都要等听到空袭警报：汽笛声一短一长，才动身。新校舍北边围墙上有一个后门，出了门，过铁道（这条铁道不知起讫地点，从来也没见有火车通过），就是山野了。要走，完全来得及。——所以雷先生才会说“现在已经有空袭警报”。只有预行警报，联大师生一般都是照常上课的。

跑警报大都没有准地点，漫山遍野。但人也有习惯性，跑惯了哪里，愿意上哪里。大多是找一个坟头，这样可以靠靠。昆明的坟多有碑，碑上除了刻下坟主的名讳，还刻出“×山×向”，并开出坟茔的“四至”。这风俗我在别处还未见过。这大概也是一种古风。

说是漫山遍野，但也有几个比较集中的“点”。古驿道的一侧，靠近语言研究所资料馆不远，有一片马尾松林，就是一个点。这地方除了离学校近，有一片碧绿的马尾松，树下一层厚厚的干了的松毛，很软和，空气好，——马尾松挥发出很重的松脂气味，晒着从松枝间漏下的阳光，或仰面看松树上面的蓝得要滴下来的天空，都极舒适外，是因为这里还可以买到各种零吃。昆明做小买卖的，有了警报，就把担子挑到郊外来了。五味俱全，什么都有。

最常见的是“丁丁糖”。“丁丁糖”即麦芽糖，也就是北京人祭灶用的关东糖，不过做成一个直径一尺多，厚可一寸许的大糖饼，放在四方的木盘上，有人掏钱要买，糖贩即用一个刨刃形的铁片楔入糖边，然后用一个小小铁锤，一击铁片，丁的一声，一块糖就震裂下来了，——所以叫做“丁丁糖”，其次是炒松子。昆明松子极多，个大皮薄仁饱，很香，也很便宜。我们有时能在松树下面捡到一个很大的成熟了的生的松球，就掰开鳞瓣，一颗一颗地吃起来。——那时候，我们的牙都很好，那么硬的松子壳，一嗑就开了！

另一个集中点比较远，得沿古驿道走出四五里，驿道右侧较高的土山上有一横断的山沟（大概是哪一年地震造成的），沟深约三丈，沟口有二丈多宽，沟底也宽有六七尺。这是一个很好的天然防空沟，日本飞机若是投弹，只要不是直接命中，落在沟里，即便是在沟顶上爆炸，弹片也不易蹦进来。机枪扫射也不要紧，沟的两壁是死角。这道沟可以容数百人。有人常到这里，就利用闲空，在沟壁上修了一些私人专用的防空洞，大小不等，形式不一。这些防空洞不仅表面光洁，有的还用碎石子或碎瓷片嵌出图案，缀成对联。对联大都有新意。我至今记得两副，一副是：

人生几何

恋爱三角

一副是：

见机而作

入土为安

对联的嵌缀者的闲情逸致是很可叫人佩服的。前一副也许是有感而发，后一副却是记实。

警报有三种。预行警报大概是表示日本飞机已经起飞。拉空袭警报大概是表示日本飞机进入云南省境了，但是进云南省不一定到昆明来。等到汽笛拉了紧急警报：连续短音，这才可以肯定是朝昆明来的。空袭警报到紧急警报之间，有时要间隔很长时间，所以到了这里的人都不忙下沟，——沟里没有太阳，而且过早地像云冈石佛似的坐在洞里也很无聊，大都先在沟上看书、闲聊、打桥牌。很多人听到紧急警报还不动，因为紧急警报后日本飞机也不定准来，常常是折飞到别处去了。要一直等到看见飞机的影子了，这才一骨碌站起来，下沟，进洞。联大的学生，以及住在昆明的人，对跑警报太有经验了，从来不仓皇失措。上举的前一副对联或许是一种泛泛的感慨，但也是有现实意义的。跑警报是谈恋爱的机会。联大同学跑警报时，成双作对的很多。空袭警报一响，男的就在新校舍的路边等着，有时还提着一袋点心吃食，宝珠梨、花生米……他等的女同学来了，"嗨！"于是欣然并肩走出新校舍的后门。跑警报说不上是同生死，共患难，但隐隐约约有那么一点危险感，和看电影、遛翠湖时不同。这一点危险感使两方的关系更加亲近了。女同学乐于有人伺候，男同学也正好殷勤照顾，表现一点骑士风度。正如孙悟空在高老庄所说："一来医得眼好，二来又照顾了郎中，这是凑四合六的买卖。"从这点来说，跑警报是颇为罗曼蒂克的。有恋爱，就有三角，有失恋。跑警报的“对儿”并非总是固定的，有时一方被另一方“甩”了，两人“吹”了，“对儿”就要重新组合。写（姑且叫做“写”吧）那副对联的，大概就是一位被“甩”的男同学。不过，也不一定。

心香一瓣

本文记叙了抗日战争中西南联大师生跑警报中的各种逸闻趣事，不仅没有日军空袭下的恐怖感，还处处流露出诗意和浪漫。

读完此文，我们不能不敬佩那时的西南联大师生。在战火纷飞、硝烟弥漫的年代里，他们还能镇定自若、处变不惊，这是怎样的一种乐观主义精神！

正是有了这种“不在乎”的民族自信与乐观主义精神，我们才取得了抗日战争的伟大胜利。

活着，也要学会“不在乎”。苦中作乐、忙里偷闲，也是调剂生活的一种有效方法。只有对生活抱着一种积极的情趣，人生才能充满阳光。

作者简介

汪曾祺（1920—1997），现当代著名小说家、散文家，京派小说的传人，被称为“中国最后一个士大夫”，代表作有《大淖记事》、《受戒》、《邂逅集》、《羊舍的夜晚》、《骑兵列传》等。

金岳霖先生

汪曾祺

君子之交淡如水，坐定之后，清茶一杯，闲话片刻而已。

西南联大有许多很有趣的教授，金岳霖先生是其中的一位。金先生是我的老师沈从文先生的好朋友。沈先生当面和背后都称他为“老金”。大概时常来往的熟朋友都这样称呼他。关于金先生的事，有一些是沈先生告诉我的。我在《沈从文先生在西南联大》一文中提到过金先生。有些事情在那篇文章里没有写进，觉得还应该写一写。

金先生的样子有点怪。他常年戴着一顶呢帽，进教室也不脱下。每一学年开始，给新的一班学生上课，他的第一句话总是：“我的眼睛有毛病，不能摘帽子，并不是对你们不尊重，请原谅。”他的眼睛有什么病，我不知道，只知道怕阳光。因此他的呢帽的前檐压得比较低，脑袋总是微微地仰着。他后来配了一副眼镜，这副眼镜的一只镜片是白的，另一只是黑的。这就更怪了。后来在美国讲学期间把眼睛治好了，——好一些，眼镜也换了，但那微微仰着脑袋的姿态一直还没有改变。他身材相当高大，经常穿一件烟草黄色的麂皮夹克，天冷了就在里面围一条很长的驼色的羊绒围巾。联大的教授穿衣服是各色各样的。闻一多先生有一阵穿一件式样过时的灰色旧夹袍，是一个亲戚送给他的，领子很高，袖口极窄。联大有一次在龙云的长子、蒋介石的干儿子龙绳武家里开校友会，——龙云的长媳是清华校友，闻先生在会上大骂"蒋介石，王八蛋！混蛋！"那天穿的就是这件高领窄袖的旧夹袍。朱自清先生有一阵披着一件云南赶马人穿的蓝色毡子的一口钟。除了体育教员，教授里穿夹克的，好像只有金先生一个人。他的眼神即使是到美国治了后也还是不大好，走起路来有点深一脚浅一脚。他就这样穿着黄夹克，微仰着脑袋，深一脚浅一脚地在联大新校舍的一条土路上走着。

金先生教逻辑。逻辑是西南联大规定文学院一年级学生的必修课，班上学生很多，上课在大教室，坐得满满的。在中学里没有听说有逻辑这门学问，大一的学生对这课很有兴趣。金先生上课有时要提问，那么多的学生，他不能都叫得上名字来，——联大是没有点名册的，他有时一上课就宣布："今天，穿红毛衣的女同学回答问题。"于是所有穿红衣的女同学就都有点紧张，又有点兴奋。那时联大女生在蓝阴丹士林旗袍外面套一件红毛衣成了一种风气。——穿蓝毛衣、黄毛衣的极少。问题回答得流利清楚，也是件出风头的事。金先生很注意地听着，完了，说："Yes！请坐！"

学生也可以提出问题，请金先生解答。学生提的问题深浅不一，金先生有问必答，很耐心。有一个华侨同学叫林国达，操广东普通话，最爱提问题，问题大都奇奇怪怪。他大概觉得逻辑这门学问是挺“玄”的，应该提点怪问题。有一次他又站起来提了一个怪问题，金先生想了一想，说：“林国达同学，我问你一个问题：Mr.林国达 is perpenticular to the blackboard（林国达君垂直于黑板），这什么意思？”林国达傻了。林国达当然无法垂直于黑板，但这句话在逻辑上没有错误。

林国达游泳淹死了。金先生上课，说：“林国达死了，很不幸。”这一堂课，金先生一直没有笑容。

有一个同学，大概是陈蕴珍，即萧珊，曾问过金先生：“您为什么要搞逻辑？”逻辑课的前一半讲三段论，大前提、小前提、结论、周延、不周延、归纳、演绎……还比较有意思。后半部全是符号，简直像高等数学。她的意思是：这种学问多么枯燥！金先生的回答是：“我觉得它很好玩。”

除了文学院大一学生必修逻辑，金先生还开了一门“符号逻辑”，是选修课。这门学问对我来说简直是天书。选这门课的人很少，教室里只有几个人。学生里最突出的是王浩。金先生讲着讲着，有时会停下来，问：“王浩，你以为如何？”这堂课就成了他们师生二人的对话。王浩现在在美国。前些年写了一篇关于金先生的较长的文章，大概是论金先生之学的，我没有见到。

王浩和我是相当熟的。他有个要好的朋友王景鹤，和我同在昆明黄土坡一个中学教书，王浩常来玩。来了，常打篮球。大都是吃了午饭就打。王浩管吃了饭就打球叫“练盲肠”。王浩的相貌颇“土”，脑袋很大，剪了一个光头，——联大同学剪光头的很少，说话带山东口音。他现在成了洋人——美籍华人，国际知名的学者，我实在想象不出他现在是什么样子。前年他回国讲学，托一个同学要我给他画一张画。我给他画了几个青头菌、牛肝菌，一根大葱，两头蒜，还有一块很大的宣威火腿。——火腿是很少入画的。我在画上题了几句话，有一句是“以慰王浩异国乡情”。王浩的学问，原来是师承金先生的。一个人一生哪怕只教出一个好学生，也值得了。当然，金先生的好学生不止一个人。

金先生是研究哲学的，但是他看了很多小说。从普鲁斯特到福尔摩斯，都看。听说他很爱看平江不肖生的《江湖奇侠传》。有几个联大同学住在金鸡巷，陈蕴珍、王树藏、刘北汜、施载宣（萧荻）。楼上有一间小客厅。沈先生有时拉一个熟人去给少数爱好文学、写写东西的同学讲一点什么。金先生有一次也被拉了去。他讲的题目是《小说和哲学》。题目是沈先生给他出的。大家以为金先生一定会讲出一番道理。不料金先生讲了半天，结论却是：小说和哲学没有关系。有人问：那么《红楼梦》呢？金先生说：“红楼梦里的哲学不是哲学。”他讲着讲着，忽然停下来：“对不起，我这里有个小动物。”他把右手伸进后脖颈，捉出了一个跳蚤，捏在手指里看看，甚为得意。

金先生是个单身汉（联大教授里不少光棍，杨振声先生曾写过一篇游戏文章《释鳏》，在教授间传阅），无儿无女，但是过得自得其乐。他养了一只很大的斗鸡（云南出斗鸡）。这只斗鸡能把脖子伸上来，和金先生一个桌子吃饭。他到处搜罗大梨、大石榴，拿去和别的教授的孩子比赛。比输了，就把梨或石榴送给他的小朋友，他再去买。

金先生朋友很多，除了哲学家的教授外，时常来往的，据我所知，有梁思成、林徽因夫妇，沈从文，张奚若……君子之交淡如水，坐定之后，清茶一杯，闲话片刻而已。金先生对林徽因的谈吐才华，十分欣赏。现在的年轻人多不知道林徽因。她是学建筑的，但是对文学的趣味极高，精于鉴赏，所写的诗和小说如《窗子以外》、《九十九度中》风格清新，一时无二。林徽因死后，有一年，金先生在北京饭店请了一次客，老朋友收到通知，都纳闷：老金为什么请客？到了之后，金先生才宣布："今天是徽因的生日。"

金先生晚年深居简出。毛主席曾经对他说："你要接触接触社会。"金先生已经八十岁了，怎么接触社会呢？他就和一个蹬平板三轮车的约好，每天蹬着他到王府井一带转一大圈。我想象金先生坐在平板三轮上东张西望，那情景一定非常有趣。王府井人挤人，熙熙攘攘，谁也不会知道这位东张西望的老人是一位一肚子学问，为人天真、热爱生活的大哲学家。

金先生治学精深，而著作不多。除了一本大学丛书里的《逻辑》，我所知道的，还有一本《论道》。其余还有什么，我不清楚，须问王浩。

我对金先生所知甚少。希望熟知金先生的人把金先生好好写一写。

联大的许多教授都应该有人好好地写一写。

心香一瓣

从金岳霖先生身上，我们看到了西南联大老师“有趣”的原因：既天真，又有内涵。

正是他们的这种简单而又不失丰富的性情，成就了他们在学子心中的“大师”形象。

大师，不仅要有深厚的学术修养，还要有独特的人格魅力。这种魅力，只能源自一颗淡泊名利、坦诚率真、热爱生活、潜心学术的心灵。

[作者简介]

汪曾祺（1920—1997），现当代著名小说家、散文家，京派小说的传人，被称为“中国最后一个士大夫”，代表作有《大淖记事》、《受戒》、《邂逅集》、《羊舍的夜晚》、《骑兵列传》等。

沈从文先生在西南联大（节选）

汪曾祺

大学是不培养作家的，作家是社会培养的。这话有道理。沈先生自己就没有上过什么大学。他教的学生后来成为作家的，也极少。但是也不是绝对不能教。

沈先生在联大开过三门课：各体文习作、创作实习和中国小说史。三门课我都选了，——各体文习作是中文系二年级必修课，其余两门是选修。西南联大的课程分必修与选修两种。中文系的语言学概论、文字学概论、文学史（分段）……是必修课，其余大都是任凭学生自选。诗经、楚辞、庄子、昭明文选、唐诗、宋诗、词选、散曲、杂剧与传奇……选什么，选哪位教授的课都成。但要凑够一定的学分（这叫“学分制”）。一学期我只选两门课，那不行。自由，也不能自由到这种地步。

创作能不能教？这是一个世界性的争论问题。很多人认为创作不能教。我们当时的系主任罗常培先生就说过：大学是不培养作家的，作家是社会培养的。这话有道理。沈先生自己就没有上过什么大学。他教的学生后来成为作家的，也极少。但是也不是绝对不能教。沈先生的学生现在能算是作家的，也还有那么几个。问题是由什么样的人来教，用什么方法教。现在的大学里很少开创作课的，原因是找不到合适的人来教。偶尔有大学开这门课的，收效甚微，原因是教得不甚得法。

教创作靠“讲”不成。如果在课堂上讲鲁迅先生所讥笑的“小说作法”之类，讲如何作人物肖像，如何描写环境，如何结构，结构有几种——攒珠的、橘瓣式的……那是要误人子弟的。教创作主要是让学生自己“写”。沈先生把他的课叫做“习作”、“实习”，很能说明问题。如果要讲，那“讲”要在“写”之后。就学生的作业，讲他的得失。教授先讲一套，让学生照猫画虎，那是行不通的。

沈先生是不赞成命题作文的，学生想写什么就写什么。但有时在课堂上也出两个题目。沈先生出的题目都非常具体。我记得他曾给我的上一班同学出过一个题目：“我们的小庭院有什么。”有几个同学就这个题目写了相当不错的散文，都发表了。他给比我低一班的同学曾出过一个题目：“记一间屋子里的空气！”我的那一班出过些什么题目，我倒不记得了。沈先生为什么出这样的题目？他认为：先得学会车零件，然后才能学组装。我觉得先做一些这样的片段的习作，是有好处的，这可以锻炼基本功。现在有些青年文学爱好者，往往一上来就写大作品，篇幅很长，而功力不够，原因就在零件车得太少了。

沈先生的讲课，可以说是毫无系统。前已说过，他大都是看了学生的作业，就这些作业讲一些问题。他是经过一番思考的，但并不去翻阅很多参考书。沈先生读很多书，但从不引经据典，他总是凭自己的直觉说话，从来不说亚里士多德怎么说、福楼拜怎么说、托尔斯泰怎么说、高尔基怎么说。他的湘西口音很重，声音又低，有些学生听了一堂课，往往觉得不知道听了一些什么。沈先生的讲课是非常谦抑，非常自制的。他不用手势，没有任何舞台道白式的腔调，没有一点哗众取宠的江湖气。他讲得很诚恳，甚至很天真。但是你要是真正听“懂”了他的话，——听“懂”了他的话里并未发挥罄尽的余意，你是会受益匪浅，而且会终生受用的。听沈先生的课，要像孔子的学生听孔子讲话一样：“举一隅而三隅反。”

沈先生讲课时所说的话我几乎全都忘了（我这人从来不记笔记）！我们有一个同学把闻一多先生讲唐诗课的笔记记得极详细，现已整理出版，书名就叫《闻一多论唐诗》，很有学术价值，就是不知道他把闻先生讲唐诗时的“神气”记下来了没有。我如果把沈先生讲课时的精辟见解记下来，也可以成为一本《沈从文论创作》。可惜我不是这样的有心人。

沈先生关于我的习作讲过的话我只记得一点了，是关于人物对话的。我写了一篇小说（内容早已忘记干净），有许多对话。我竭力把对话写得美一点，有诗意，有哲理。沈先生说：“你这不是对话，是两个聪明脑壳打架！”从此我知道对话就是人物所说的普普通通的话，要尽量写得朴素。不要哲理，不要诗意。这样才真实。

沈先生经常说的一句话是：“要贴到人物来写。”很多同学不懂他的这句话是什么意思。我以为这是小说学的精髓。据我的理解，沈先生这句极其简略的话包含这样几层意思：小说里，人物是主要的，主导的；其余部分都是派生的，次要的。环境描写、作者的主观抒情、议论，都只能附着于人物，不能和人物游离，作者要和人物同呼吸、共哀乐。作者的心要随时紧贴着人物。什么时候作者的心“贴”不住人物，笔下就会浮、泛、飘、滑，花里胡哨，故弄玄虚，失去了诚意。而且，作者的叙述语言要和人物相协调。写农民，叙述语言要接近农民；写市民，叙述语言要近似市民。小说要避免“学生腔”。

我以为沈先生这些话是浸透了淳朴的现实主义精神的。

沈先生教写作，写的比说的多，他常常在学生的作业后面写很长的读后感，有时会比原作还长。这些读后感有时评析本文得失，也有时从这篇习作说开去，谈及有关创作的问题，见解精到，文笔讲究。——一个作家应该不论写什么都写得讲究。这些读后感也都没有保存下来，否则是会比《废邮存底》还有看头的。可惜！

沈先生教创作还有一种方法，我以为是行之有效的。学生写了一部作品，他除了写很长的读后感之外，还会介绍你看一些与你这个作品写法相近似的中外名家的作品。记得我写过一篇不成熟的小说《灯下》，记一个店铺里上灯以后各色人的活动，无主要人物、主要情节，散散漫漫。沈先生就介绍我看了几篇这样的作品，包括他自己的《腐烂》。学生看看别人是怎样写的，自己是怎样写的，对比借鉴，是会有长进的。这些书都是沈先生找来，带给学生的。因此他每次上课，走进教室里时总要夹着一大摞书。

沈先生就是这样教创作的。我不知道还有没有别的更好的方法教创作。我希望现在的大学里教创作的老师能用沈先生的方法试一试。

学生习作写得较好的，沈先生就做主寄到相熟的报刊上发表。这对学生是很大的鼓励。多年以来，沈先生就干着给别人的作品找地方发表这种事。经他的手介绍出去的稿子，可以说是不计其数了。我在 1946 年前写的作品，几乎全都是沈先生寄出去的。他这辈子为别人寄稿子用去的邮费也是一个相当可观的数目了。为了防止超重太多，节省邮费，他大都把原稿的纸边裁去，只剩下纸芯。这当然不大好看。但是抗战时期，百物昂贵，不能不打这点小算盘。

沈先生教书，但愿学生省点事，不怕自己麻烦。他讲《中国小说史》，有些资料不易找到，他就自己抄，用夺金标毛笔，筷子头大的小行书抄在云南竹纸上。这种竹纸高一尺，长四尺，并不裁断，抄得了，卷成一卷。上课时分发给学生。他上创作课夹了一摞书，上小说史时就夹了好些纸卷。沈先生做事，都是这样，一切自己动手，细心耐烦。他自己说他这种方式是“手工业方式”。他写了那么多作品，后来又写了很多大部头关于文物的著作，都是用这种手工业方式搞出来的。

沈先生对学生的影响，课外比课堂上要大得多。他后来为了躲避日本飞机空袭，全家移住到呈贡桃园新村，每星期上课，进城住两天。文林街二十号联大教职员宿舍有他一间屋子。他一进城，宿舍里几乎从早到晚都有客人。客人多半是同事和学生，客人来，大都是来借书，求字，看沈先生收到的宝贝，谈天。

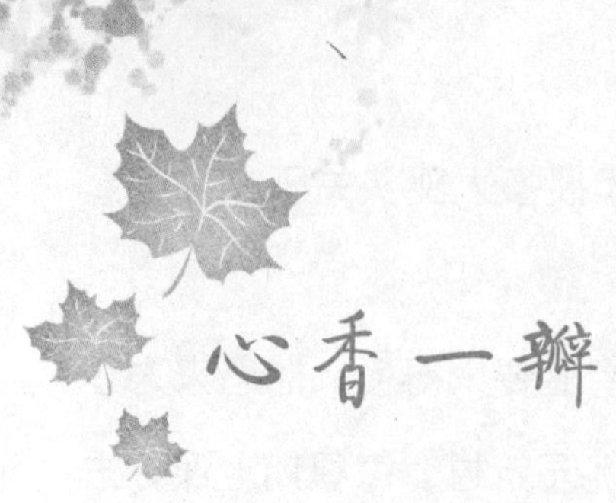

心香一瓣

西南联大的很多老师都很“有趣”，沈从文先生就是其中的一位。他们在课堂上下都展示出真我性情，以自己的独特魅力教育和影响着那时的莘莘学子。

而在教育现代化的今天，很多老师则似乎被教育行政化的条条框框束缚住了，模式化的教学方法，限制了学生的想象力和创新力。

因此，一所学校，要培养出优秀的学生，首先要给予教师自由发挥才华的空间。

作者简介

汪曾祺（1920—1997），现当代著名小说家、散文家，京派小说的传人，被称为“中国最后一个士大夫”，代表作有《大淖记事》、《受戒》、《邂逅集》、《羊舍的夜晚》、《骑兵列传》等。

中国现代历史知名教授们的大师风范和文人风骨（节选）

谢泳

制度的设计在于理念，在于对国家进步的强烈感情，在于对世界文明的诚意。中国早期大学制度的设计者们，可以说都是具有这样品格的人。

研究中国大学教育的人，可能都会注意到这样一种现象：本世纪初，最早承担传统教育向现代教育转变职责的，大多是一批传统的士子，比如北大校长蔡元培、南开大学创始人严修、南洋大学堂校长唐文治、交通大学校长叶恭绰，以及光华大学校长张寿镛等等，都是进士或举人出身。如果仅仅是个别人，也许还是特例，但现代大学教育史向我们显示，这是一种较为普遍的现象。

不仅如此，这些现代大学制度的设计者，同时又是具有世界眼光的人，比如蔡元培，是留德学生，而蒋梦麟是留美学生。而且，从一开始，他们就居于教育的主导地位，像蔡元培、蒋梦麟都是做过大学校长和教育部长的人。现代大学的萌芽时期，最需有好的设计者，这一点，可以说是中国现代大学的幸运。制度的设计在于理念，在于对国家进步的强烈感情，在于对世界文明的诚意。中国早期大学制度的设计者们，可以说都是具有这样品格的人。有了这样品格的人，才奠定了好的大学制度，最终才出现了像北大、清华、复旦等一些向当时国际一流大学看齐的大学。

除此之外，1929 年 7 月，国民政府制定的《大学组织法》还明文规定，除国立大学外，可以设立私立大学，“由私人或私法人设立者，为私立大学”。尤其重要的是私立大学的概念里包含了外国人和教会可以在中国办大学，这是一种开放的世界眼光。在中国教会大学任教多年的芳威廉在他的回忆录中写道：“早期由于缺少现代化的高等教育体系，任何新事物都难免是舶来品，新式大学显然是外国输入，严格区别于中国的传统教育。”

当时国立东南大学的校长郭秉文曾说过：“从全国范围来评论，有些教会大学已处于中国最好与最有效率的大学之列。而且，由于他们兴办得较早，所以他们就有更大的影响与更多的优势。”

对于这些大学，教育部一视同仁。而且对于办得好的私立大学，中央和省市政府都要拨款补助，或者由教育部转商各庚款教育基金委员会拨款补助。在待遇上各种形式的大学地位是平等的。《大学组织法》还明文规定：大学校长不得由官员兼任。“大学校长一人综理校务，国立、省立、市立大学校长简任，除担任本校教课外，不得兼任他职”。在中国早期大学制度设计者的理念中，教育独立的观念可以说深入人心。

1937年，胡适在庐山谈话中也多次强调，官员不能兼任公私立学校校长或董事长。1945年，蒋梦麟做了行政院秘书长后，他的北大朋友就劝他必须辞掉北大校长一职，他们认为，大学校长决不能由官员兼任。此外，当时十分强调私立大学与国立大学的平等地位，事实上做没做到还在其次，重要的是办大学的人应有这样的理念。中国是一个具有非常优良教育传统的国家，从古代的私人讲学到现代的私立大学，都可以举出无数的实例。从私立大学到民间教育家，本来就有一脉相承的传统，只是后来中断了，不是中国人没有能力办好私立大学。南开大学、厦门大学、复旦大学、光华大学等等，在当年都是堪与国立大学比肩的私立大学，其校长张伯苓、林文庆、马相伯、张寿镛，个个称得上一代教育宗师。

胡适在《谈谈大学》的演讲中曾说过：“记得二十余年前，中日战事没有发生时，从北平到广东，从上海到成都，差不多有一百多所的公私立大学，当时每一个大学的师生都在埋头研究，假如没有日本的侵略，敢说我国在今日世界的学术境域中，一定占着一席重要的地位，可惜过去的一点传统现在全毁了。”

对今天的人来说，那个年代已成历史。我们只能回望，从前辈学人留下的点滴文字中，感受那个年代的大学，以及那个年代的教授。

一流的办学理念，一流的制度设计，才会培养出一流的人才。

“为什么我们的学校总是培养不出杰出的人才?”钱学森的中国教育之问，值得每一位教育工作者认真反思。

教育是一项事业，是国家民族振兴的基石。教育惟有去行政化、去功利化，还给学生自由成才的空间，才能革除积弊，培养出时代英才。

作者简介

谢泳（1961— ），厦门大学人文学院教师。山西榆次人。著有《中国现代文学史研究法》、《厦门集》、《书生的困境——中国现代知识分子问题简论》、《西南联大与中国现代知识分子》、《没有安排好的道路》等。

我的大学生涯（节选）

冰　心

总之，我的大学生涯是够忙碌热闹的，但我却没有因此而耽误了学习和写作。

我从贝满女中毕了业，就直接升入了协和女子大学。我选的是理预科，因为我一心一意想学医，对于数、理、化的功课，十分用功，成绩也好。至于中文呢，因为那时教会学校请的中文老师，多半是前清的秀才或举人，讲的都是我在家塾里或自己读过的古文，他们讲书时也不会旁征博引，十分无趣。

在理预科学习了大半年，到了第二年——1919 年——“五四”运动起来了，我虽然是个班次很低的“大学生”，也一下子被卷进了这兴奋而伟大的运动。关于这一段我写过不少，在此就不多说了。我要说的就是我因为参加运动又开始写些东西，耽误了许许多多理科实验的功课，幸而理科老师们还能体谅我，我敷敷衍衍地读完了两年理科，就转入文科，还升了一班!

改入文科以后，功课就轻松多了！就是这一年——1920年，协和女子大学，同通州潞河大学和北京的协和大学合并成燕京大学。校长是司徒雷登。我们协和女子大学就改称“燕大女校”。有的功课是在男校上课，如哲学、教育学等，有的是在女校上的，如社会学、心理学等。在男校上课时，我们就都到男校所在地的盔甲厂去。当时男女合校还是一件很新鲜的事，因此我们都很拘谨，在到男校上课以前，都注意把头上戴的玫瑰花蕊摘下。在上课前后，也轻易不同男同学交谈。他们似乎也很腼腆。一般上课时我们都安静地坐在第一排，但当坐在我们后面的男同学，把脚放在我们椅子下面的横杠上，簌簌抖动的时候，我们就使劲儿地把椅子往前一拉，他们的脚就忽然砰的一声砸到地上。我们自然没有回头，但都忍住笑，也不知道他们伸出舌头笑了没有?

但是我们几个在全校的学生会里有职务的人，都不免常和男生接触，如校刊编辑部、班会等。我们常常开会，那时女校还有“监护人”制度，无论是白天或晚上，几个人或几十个人，我们的会场座后，总会有一位老师，多半是女教师，她自己拿着一本书在静静地看。这一切，连老师带学生都觉得又无聊，又可笑！

我是不怕男孩子的！自小同表哥哥、堂哥哥们同在惯了，每次吵嘴打架都是我得了“最后胜利”，回到家里，往往有我弟弟们的同学十几个男孩子围着我转。只是我的女同学们都很谦让，我也不敢“冒尖”，但是后来熟了以后，男同学们当面都说我“厉害”，说这些话的，就是许地山、瞿世英（菊农）、熊佛西这些人，他们同我后来也成了好朋友。

这时我在燕大女校“学生自治会”里，任务也多得很！自治会里有许多委员会——甚至有伙食委员会！因为我没有住校，自然不会叫我参加，但是其他的委员会，我就都被派上了！那时我们最热心的就是做社会福利工作，而每兴办一项福利工作，都得“自治会”自己筹款。最方便而容易的，就是演戏卖票！我记得我们演过许多莎士比亚的戏，如《威尼斯商人》、《第十二夜》等等，那时我们英文班里正读着莎士比亚，美国女教师们都十分热心地帮助我们排练，设计服装、道具等等，我们演得也很认真卖力，记得有一次鲁迅先生和俄国盲诗人爱罗先珂来看过我们的戏——忘了是哪一出——鲁迅先生写过文章说爱罗先珂先生说我们演得比当时北京大学的某一出戏好得多。因此他和北大同学还引起了一番争论，北大同学说爱罗先珂先生是个盲人，怎能“看”出戏的好坏？我和鲁迅先生只谈过一次话，还是很短的，因为我负责请名人演讲，我记得请过鲁迅先生、胡适先生，还有吴贻芳先生……我主持演讲会，向听众同学介绍了主讲人以后，就只坐在讲台下听讲了——我和鲁迅先生的接触，就这么一次，我也不知道鲁迅先生是从哪一位同学手里买到戏票的。

这次演剧筹款似乎是我们要为学校附近佟府夹道的不识字的妇女们，义务开办一个“注音字母”学习班。自治会派我去当校长。我自己就没有学过注音字母，但是被委为校长，就意味着把找“校舍”——其实就是租用街道上一间空屋——招生、请老师——也就是请一个会教注音字母的同学——都由我包办下来。这一切，居然都很顺利。开学那一天，我去“训话”，看到讲台前坐的都是中年妇女。只前排右首坐着一个十分聪明俊俏的姑娘，听课后我过去和她搭话，她说：“我叫佟志云，18 岁，我识得字，只不过也想学学注音字母。”我想她可能是佟王后裔。她问我：“校长，你多大年纪了？”我笑着说：“反正比你大几岁！”

这时燕大女校已经和美国威尔斯利（Wellesley College）女子大学结成“姐妹学校”。我们女校里有好几位教师，都是威校的毕业生。忘了是哪一年，总在 20 年代初期吧，威校的女校长来到我们校里访问，住了几天，受到盛大的欢迎。有一天她——我忘了她的名字——忽然提出要看看古老北京的婚礼仪式，女校主任就让学生们表演一次，给她开开眼。这事自然又落到我们自治会委员身上，除了不坐轿子以外，其他服装如凤冠霞帔、靴子、马褂之类，也都很容易地借来了，只是在演员的分配上，谁都不肯当新娘。我又是主管这个任务的人，我就急了，我说：“这又不是真的，只是逢场做戏而已。你们都不当，我也不等‘父母之命，媒妁之言’，我就当了！”于是我扮演了新娘。凌淑浩——凌淑华的妹妹，当了新郎。送新太太是陈克俊和谢兰蕙。扮演公公、婆婆的是一位张大姐和一位李大姐，都是高班的学生，至今我还记得她们的面庞。她们以后在演比利时作家梅特林克的童话剧《青鸟》中，还是当了我的爷爷和奶奶，可是她们的名字，我苦忆了半天也想不起来！

那夜在女校教职员宿舍院里，大大热闹了一阵，又放鞭炮，又奏鼓乐。我们磕了不少的头！演到坐床撒帐的时候，我和淑浩在帐子里面都忍不住笑了起来，急得克俊和兰蕙直捂着我们的嘴！

总之，我的大学生涯是够忙碌热闹的，但我却没有因此而耽误了学习和写作。我的老师们对我都很好，尤其是我的英文老师鲍贵思（Grace Boynton），在我毕业的那一年春季，她就对我说，威尔斯利女大已决定给我两年的奖学金——就是每年800美金的学、宿、膳费，让我读硕士学位，我当然愿意。但我想一去两年，不知这两年之中，我的体弱多病的母亲，会不会出什么意外？我对家里什么人都没有讲过我的忧虑，只悄悄地问过我们最熟悉的医生孙彦科大夫，他是我小舅舅杨子玉先生的挚友，小舅舅介绍他来给母亲看过病。后来因为孙大夫每次到别处出诊路过我家，也必进来探望，我们熟极了。他称我父亲为“三哥”，母亲为“三嫂”，有时只有我们孩子们在家，他也坐下和我们说笑。我问他我母亲身体不好，我能否离家两年之久？他笑了说：“当然可以，你母亲的身体不算太坏，凡事有我负责。”同时鲍女士还给我父亲写了信，问他让不让我去？父亲很客气地回了她一封信，说只要她认为我不会辜负她母校的栽培，他是同意我去美国的。这一切当时我还不好意思向同学们公开，依旧忙我的课外社会福利工作。

1923年的春季，我该忙我的毕业论文了。文科里的中国文学老师是周作人先生。他给我们讲现代文学，有时还讲到我的小诗和散文，我也只低头听着，课外他也从来没有同我谈过话。这时因为必须写毕业论文，我想自己对元代戏曲很不熟悉，正好趁着写论文机会，读些戏曲和参考书。我把论文题目《元代的戏曲》和文章大纲，拿去给周先生审阅。他一字没改就退回给我，说“你就写吧”。于是在同班们几乎都已交出论文之后，我才匆匆忙忙地把毕业论文交了上去。

就在这时我的吐血的病又发作了。我母亲也有这个病，每当身体累了或是心绪不好，她就会吐血。我这次的病不消说，是我即将离家的留恋之情的表现。老师们和父母都十分着急。带我到协和医院去检查。结果从透视和其他方面，都找不出有肺病的症状。医生断定是肺气枝涨大，不算什么大病症。那时我的考上协和医学院的同学们和林巧稚大夫——她也还是学生，都半开玩笑地和我说：“这是天才病！不要胡思乱想，心绪稳定下来就好了。”

于是我一面预备行装，一面结束学业。在毕业典礼台上，我除了得到一张学士文凭之外，还意外地得到了一把荣誉奖的金钥匙。

这一年的 8 月 3 日，我离开北京到上海准备去美。临行以前，我的弟弟们和他们的小朋友们，再三要求我常给他们写信，我答应了。这就是我写那本《寄小读者》的“灵感”！

8 月 17 日，美国邮船杰克逊总统号就把带着满腔离愁的我，从“可爱的海棠叶形的祖国”载走了！

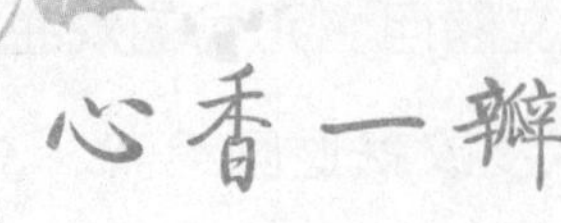

心香一瓣

丰富多彩的大学生活乐章，有无数令人难忘的音符。而贯穿始终甚至影响我们人生轨迹的旋律，却永远是我们心中的兴趣和责任感。

兴趣，是引领我们前进的方向标；兴趣，让我们不会在缤纷错乱的诱惑中迷离了双眼。

责任感，是驱使我们前进的动力；责任感，让我们战胜心中的胆怯与不安。

人生的航船，就是在这两者的合力之下行进的。合力越大，人生走得就越远。

作者简介

冰心（1900—1999），原名为谢婉莹，笔名为冰心。福建长乐人。现代著名女作家、儿童文学家、诗人。她歌颂母爱、童真、自然，非常爱小孩，把小孩看做“最神圣的人”，深受人民的敬仰。代表作有《繁星》、《春水》、《小桔灯》、《斯人独憔悴》等。

考上电影学院，是我一生最大的命运改变

张艺谋

在“不断学习”这一点上我与父亲非常认同，我总觉得我们电影人其实生活的圈子非常窄小，并不开放，而我们从事的工作又特别需要不断地补充给养、积累知识，因而我们必须做生活中的有心人，善于从点滴生活中感悟和表达。

我 21 岁时，因为有一些文体特长才被破例从农村招进陕西国棉八厂，因为我的出身不好，能进厂已经很不容易了。我在厂里当辅助工，主要从事清扫、搬运一类的工作，还要经常“掏地洞”，清理堆积的棉花杂质，出来后，三层口罩里面的脸仍是黑的，工作很脏很累，却没什么技术。

业余的时候我喜欢看书，逮着什么看什么，喜欢中国古典小说，那时候能找到的书也少，《三国》、《水浒》、《西游》、《说唐》都一遍遍地看，到现在对里面的人物也特别熟悉，它们对我的影响是潜移默化的，去年导演歌剧《图兰朵》时，想到古典艺术、民族特色，心里涌起的很多是这些小说给我的感觉。

我学摄影是在1974年，因为工作之外的无聊，又不愿虚度青春，就想学点什么，后来觉得摄影不错，就买了照相机，又从图书室借了不少摄影方面的书，吴印咸的、薛子江的、人像摄影、灯光摄影等等，凡是有关摄影的，都找来看，一些借来的书因为要还，就整本整本地抄，记得当时一本两寸来厚的《暗室技巧》，我抄掉了大半本。

那时候对知识的理解没有现在这么明确，不愿混日子，觉得学摄影是个事儿，一个人在浑浑噩噩的氛围中把这当成了一种寄托。那时候最大的想法，就是能到厂工会或宣传科当个“以工代干”的宣传干事。

因为努力，又有兴趣，我的照相技术在厂里开始小有名气，厂里有人结婚，常常会找个休息日把我叫到公园的花前柳下，留个剪影一类的“艺术照”，之后放大镶框摆在新房里，当时在我们厂，谁结婚能挂这么一张照片，就是很有品位了。

加上我会打球，又能画毛主席像，便有幸成为当时我们厂里的“四大才子”之一。

如果不恢复高考，我可能真的会成为厂里写写画画的宣传干事，那时候年轻人想出路和现在不一样，除了入党、提干走政治这条路外，几乎没有别的选择，我因为家庭出身的原因，上面这条路想都没有想过，我是车间里惟一没有写入团入党申请书的，那时棉纺厂停电时就组织党团员和积极分子学习，每到此时，几百人的车间里退场的只有我一个。

1977年高考在我还没来得及想时就溜过去了，等一揭榜，厂里一下子也考走了好几个，我不可能不受到触动，1978年再不考我就超龄了，直觉告诉我必须抓住这次改变命运的机会。我当时只有初中二年级的水平，学的那点东西又在文革中早忘光了，复习得再辛苦也没把握，于是往偏处想，报体育学院？自己个子矮，喜欢运动却又都是野路子，不行；美术学院？绘画基础不足。正在琢磨时，别人向我推荐了“北京电影学院”摄影系。说：“课都与摄影有关，你的片子拍得好，一定行。”就这样，经过一番努力我如愿以偿拿到了北京电影学院的录取通知书，那一刻，我知道自己的命运将随着新的知识、新的朋友和新的体制环境而改变。

在电影学院，我跟其他同学最不同的有两点，一是年龄大，我差不多是我们这一级里最大的，系里别的同学一般都比我小10来岁；二是因为我的入学不是特别正规，因而总有一种沉沉的“编外感”。这两点不同，使我感到压力。

按照当时的行业氛围，我们从摄影系毕业后分到电影厂，还要做若干年的摄影助理，然后才能做掌机摄影师。我想想自己毕业就32岁，再干几年助理，三十七八快四十了才能独立摄影，就觉得不行，于是给自己设计了两条路，一是走出电影圈做摄影记者，尽快独立工作；二是转行干导演。

我是一个比较务实的人，很少幻想什么，当时我已经着手联系陕西画报社；同时，我从大三开始便自己偷偷看一些导演方面的书。导演班的人年龄和我差不多，陈凯歌、田壮壮……甚至可能有人比我还大，这也是我想转入导演的重要原因，大家同时起步，感觉可能会好一些。

记得当时我是请导演系的才子林大庆帮着开的书目，一共 20 多本，之后是很长一段时间的苦读，这期间还试着写了个剧本，请导演系的白虹评点……正是有这一段时间的积累，才使我以后能很自然地由摄像向导演过渡，而无论是考电影学院还是转导演，开始的动机都是为了寻找出路，谈不上对电影或导演的“热爱”，而一旦选择了，我就想把它干好。

而且，一个人更重要的是要有不断学习的精神。每次我去看父亲，他跟我说得最多的一句话就是“你要学习”。父亲生前常对我不满意，他在家看我的一些访谈，总觉得我文采不够，口才不好，总说：“你看人家陈凯歌……”

在“不断学习”这一点上我与父亲非常认同，我总觉得我们电影人其实生活的圈子非常窄小，并不开放，而我们从事的工作又特别需要不断地补充给养、积累知识，因而我们必须做生活中的有心人，善于从点滴生活中感悟和表达。对我们电影人来说，这样的学习可能比纯粹的书本上的学习更重要。你必须在与各种人、各种事的接触中，敏锐地感受，清晰地体悟，准确地表达，而做到这一点，必须有不断学习的精神、毅力和勤奋，否则便会走进死胡同，拍不出什么好的影片。

1978 年考上电影学院，是我一生最大的命运改变。现在，我常常会在好的影片前落泪，特别是一些纪实类电影。生活中很多东西让我们感动，我希望在自己剩下的生命里，能尽可能多地记录下这些感动我们的人和事，拍更好的影片。

心香一瓣

考上好大学，并非就一劳永逸了。学习、奋斗，是人生永恒的旋律。

机遇，总是垂青有准备的头脑。时刻准备着，善于发现和利用机会，不断向梦想靠近，才能增加人生的高度。

学无止境。孜孜不倦、精益求精，才能收获一个又一个丰硕的成果。

作者简介

张艺谋（1951— ），著名电影导演，2008 年北京奥运会开幕式总导演。他以执导充满浓浓中国乡土情味的电影著称，艺术特点是细节的逼真和主题的浪漫互相映照，是中国大陆“第五代导演”的代表人物之一 。2010 年获颁美国耶鲁大学荣誉博士学位。代表作品有《大红灯笼高高挂》、《一个都不能少》、《山楂树之恋》等。

融入我的大学（节选）

吴福辉

什么是北大学风？我觉得系里的一大批老先生，我们的教师，他们的道德文章，就是具体的北大品格所在。不然，这个未名湖校园本来是燕京大学的所在地，凭什么会得沙滩红楼的人气、文气呢？

王瑶、严家炎、吴祖缃、林庚、朱光潜诸先生

等到进了学校，对于北大在学问上的大气便更有了领悟了。我记得第一次与导师见面，王瑶先生指导订学习计划，便告诫要注意读原来的报刊杂志，一可了解作家作品出现的环境、气氛，二可了解原始初刊的版本情况（后来版本有的经过改动），进入作

家当初写作的实地实境，要造成“专业敏感”。读书时要思路开阔，觉得脑子里有许多题目，觉得时间不够用，就有希望了。如果总是需别人出题目，那就糟了。这次谈话给我闻所未闻的印象。我们的学习主要是坐图书馆，至于听校内外的讲课、讲演倒还在其次。严家炎老师开出的书单，包括作品单行本、报刊、理论，足有几百部以上，洋洋大观，却并不硬性要求一本本读完。辅之于师生共同参加的“专题讲座与讨论”，倒是经常的。办法是一人准备，讲述，然后师生自由讨论，训练研究问题的方法。还要准备第一年结束时的学科考核，有笔试有口试，请外面专家给你作鉴定。这个比第三年的论文答辩还难。这些做法远不能概括全部，但回想起十多年后学术界逐渐流行起来的说法、做法，北大确乎是先行的。王瑶先生以严格著称，批评起学生来字字声声都砸在你心上，不留含糊，但私下里谈起感兴趣的话题，他会突然用浓重的山西口音丝丝地迸出连珠妙语，真比他的论文生动十倍。而且一句话没等你反应过来，他自己先笑起来，这笑还极富传染性。我还能记得先生的谈吐，比如谈专业的“敏感性”，说像打毛衣，不会织的着眼于好看不好看，会织的可就能看出上七针、下八针的织法来。谈到资料要积累，学术动态也要积累，打的比喻是好比后台不丰富（不妨杂乱点），前台演出也好不到哪里去。他还劝我们不要妄自菲薄，说做的学问虽然是历史，不要以为后人、局外人就无从研究。历史往往是没有参加过这段历史的人研究的。因为当事者的经验、感情都太丰富，弄不好反而糊涂，等等，等等。这个学校就是这样迅速地将你推向学术前沿，并从中提高你的求知信心。一个人，大学时期真正学得的知识是有限的，而学习的自信心却终身受用。听着先生的这些话，你身上的一股学术之气和做人之气就陡然升起来了。

什么是北大学风？我觉得系里的一大批老先生，我们的教师，他们的道德文章，就是具体的北大品格所在。不然，这个未名湖校园本来是燕京大学的所在地，凭什么会得沙滩红楼的人气、文气呢？1978 年入校的我们有福了。虽然我们已经不能如四五十年代的学长一样，有幸聆听到那么多前辈的声音，但这批“国宝”一部分还健在，我们是最后一批听到他们教诲的学生了。我们进校时，沉钟社的剧作家、五四火烧赵家楼的先锋杨晦先生还是中文系主任，等毕业时系主任才是王瑶先生的同学季镇淮先生。毕业照相，还有杨晦、王力、朱德熙、周祖谟、林庚各位先生前来正襟危坐。吴组缃先生那天去社科院讲课，结果没有和我们留下合影，是学生的终生憾事。吴先生在系里声望高，他既是我们心仪的 30 年代小说家，又是著名学者，研究《红楼梦》、《儒林外史》的专家。他也以严格闻名。系里流传他和王瑶先生讨论学位论文的字数，吴先生说只需写一万字，写多了谁看？他的名言之一是：说吴组缃是人，这没有新东西，虽然正确；说吴组缃是司机，可能是错的，但能引起讨论；最后才得出吴组缃是没有改造好的知识分子的结论。可叹我们许多论文都是先生批评的“吴组缃是人”模式的。我至今后悔，当年乐黛云先生加入辅导我们的教师队伍之后，她曾经问我们谁愿意研究吴先生小说。可我怕挨他剋，不敢报名。直到一次听他讲小说史，阶梯教室里满坑满谷，盛况空前，系里资深职员深恐校内学生抢不着座位，出来要求限制旁听，吴先生毫不客气地加以阻止道："在北大，从来没有拒绝旁听生的历史，我们今天也不能！这是北大的校风，北大的传统！"我后来在散文《一株遒劲独立的老树》中回忆了当年的情景，说：我心里一热，顿时觉得吴先生的"铁面"在眼前融化了。以至这些年下来，先生讲的小说史课已经淡忘，惟独这几句话随着时间的流逝反越加鲜明。我自认是那天，才走入北大的！

80 年代初北大生活片断

我的进入北大，纯是"高攀"。同学都具名校本科学历，两个北大，两个人大（有一个是北大新闻系进，人大新闻系出的），一个华东师大，只有我压根没有读过正规大学。那年中文系收了两个特殊生，古代文学有个工学院毕业的，现代文学就是我。年龄我又较长。宿舍 202 室四个人，两个 1939 年生属兔，两个 1945 年生属鸡，大家自我解嘲说是"鸡兔同笼"。后来有人将这一届中文系的三十多名研究生按组归类，起了绰号，我入的组居然号称"四大长者"。导师叫别的学生（后加了个海外生）皆直呼其名，如赵圆，如温儒敏，只有两人享受特别待遇叫老钱，叫老吴。我最初不适应北大，因为我的性格，因为我长年接受"驯服工具"的教育太深。第一次被导师安排写纪念"五四运动"60 周年的论文，写出的东西王先生只给了一句话"你就是把《小说月报》读得细了一点"。我知道，自己对"五四初期小说批评"的思考太平庸了。同学们都来"送温暖"。正在作郁达夫研究的温儒敏便对我说，文学批评的题目很好啊，不要灰心继续做。所以后来我改做左翼和京派讽刺得了奖语，出第一本集子《戴着枷锁的笑》时还是把此篇收入做了个纪念。钱理群的研究精神成了我暗中努力的目标。他基本功扎实，思考成熟，鲁迅研究已经成书，但他不满意，好像要从头写过。他会利用时间，什么时候读什么书都有规律。午睡前、晚睡前我一歪头就见对床的他在浏览新买的杂志，读得飞快，一目十行的，过后发现他都读进去了。他不依仗才气，照样勤奋，比谁都用功。为了准备第一年学科的总结性考试，他和我们在宿舍里互相发问如做游戏，比方问《新潮》是哪年创刊的？《死水微澜》的男女主人公的名字是谁？等等。我的藏书在“文革”中大部被焚毁了，现在一个月 30 元的生活费，要拿出十元买书已经十分吃紧。我是参照老钱的购书方案减去期刊影印本、外国文学作品，这样制定出来的。海淀书店来什么书了，走廊里有人一吼就赶快行动，常常弄到山穷水尽、捉襟见肘的地步，并引以为乐。赵圆不受人家随意鼓动，她买书读书都有自己一套主意。起初我拼命补看现代作品的时候，她却安心地细细地重读鲁迅。她的才华是显见的，我向她偷学如何专注于感受作品，偷学她文字的灵动，最有心得。凌宇是湘西人，身上有可爱的少数民族血统。他雄强、执拗，正好可以补我不足。我们后来天天听他讲沈从文，他讲起沈从文来就没完没了，在诸同学中不算博闻却能强记，擅背诵诗文。我们这批人最早给《十月》写稿子，是他联系的。陈山当年是个孜孜矻矻研读诗歌的秀才，收集资料不遗余力，现在只有他一个人去搞了电影史。总之，那时北大的物质生活是清苦的，但大家习以为常，不觉得，也没有工夫觉得。我渐渐沉浸在我的这些天才同学当中，吸取我的大学给我的营养。学习之外，直接的政治生活不多（虽然社会上正是翻天覆地的时代），与大学生贴得近的是选举区人民代表，竞选的学生打出“出版言论”或“东方女性”各种各样的纲领，着实热闹过一阵子。也下过一次乡去参加夏收，好像谢冕、费振刚、袭锡圭等老师都去了，他们有的当时还是讲师。我们没有多少娱乐活动，中文系的学生自然还去看电影，或者是自己拿个凳子看操场的露天电影，奢侈一点的就到海淀工人俱乐部。在那里观《小花》，正是刘晓庆、陈冲、李谷一当红之始。看女排比赛需早早把凳子放到全研究生楼惟一的小电视室里，让想看又不敢看的理科学生眼热。男足胜科威特，男排获亚洲赛区第一时，校园里都自发形成狂欢活动，席子、垫子、笤帚统拿来当火把点了。国家、民族的长期积弱，转化成激情爆发出来。我和我年长的同学混在年轻学生人流中间，也感到了一股类似“五四”的热力。

心香一瓣

“今日我以北大为骄傲，明日北大因我而自豪。”这曾是多少莘莘学子踏进北大校园那一刻的誓言。

时光荏苒，岁月如歌。当鲜花和掌声渐渐远去，当头顶的光环渐渐暗淡，多少人还保持着当初的梦想和激情？

只有融入到自己的大学生活中，感受那浓浓的学风的熏陶，才能不惘那段金色的时光……

作者简介

吴福辉（1939— ），现任中国现代文学馆副馆长，《中国现代文学研究丛刊》主编，研究员，博士生导师，中国作家协会会员，中国现代文学研究会理事，中国茅盾研究会副会长。主要研究方向为中国三四十年代文学、左翼文学与京海派文学、现代讽刺小说等。主要著作有：《中国现代文学三十年》（与钱理群、温儒敏合著）、《沙汀传》、《戴着枷锁的笑》、《都市漩流中的海派小说》等。

大师哥

沈星

而今我早已失去了当年毫不掩饰的勇气，甚至还会故作老成和超然，不过我晓得，在我心深处，依然相信和期待，这个世界上，有所谓爱情这样东西的存在。

认识大师哥的时候，我是十八岁的大一女生，面容羞涩，心无芥蒂。

记得第一次见到他，就觉得有好安全的感觉。我常想，是不是他很高的原因呢？一米九的个子，我站在他旁边，只是到他肩头而已。我仰头看他，一脸崇拜的样子。最要命的是，他还很帅，坦诚爽朗的笑容。

那次是学校的元旦晚会，我是大一新生代表，要表演节目，他是校广播台的台长，负责这个活动。晚自习结束后，他来找我

商量，披着厚厚的棉军绿大衣，英气逼人。我俩在宿舍前说话。冬天的夜晚，站一会儿就彻骨的冷，他看了我一眼，把大衣脱了递给我。

鼻头冻得红彤彤的我乖乖穿上了还带着他体温的军大衣。就是那个时候，开始偷偷喜欢他。

在我念书的那个年代，加入校广播电台是很牛的一件事。

开学不久，广播台便有招募新人的机会，我毫不犹豫地报名，不亚于高考的认真准备。一轮轮地下来，我神奇地成为最后两个被留下来的同学之一。从此我就顺理成章地待在那个大操场边的绿荫小楼里，时时出现在大师哥面前。多么美好，我这样想。

课余时间我都待在小楼里，可是，就这样也并不是老有机会见到大师哥，他是学生社团的风云人物，总是来去匆匆大步流星。偶尔碰面，也会聊聊，指点我的发音位置不对，态度友善。如果哪天正碰到食堂开饭的时间，他就会说："走，请你去尝尝我们理科的饭好吃不。"

跟在大师哥身后去食堂打饭，再端着饭盒在校园里漫步，是我最愿意的事情。一路上，会收到很多女生羡慕的目光。可是，这样的机会不是常常有，大师哥不是每天都有空的。

他还是校篮球队的主力，在他有集训的下午，我总是主动承担寝室打开水的任务，不厌其烦地往返于那条通往开水房的小路，只因为小路的那边就是大师哥训练的篮球场。当然我并不会望向他那一边，甚至头也不会回一下。

是不是很傻？而当年懵懂如我却浑不自知，乐在其中。

直到有一次，那是我们认识的第二个冬天，周日我照例到广播台玩耍，他不在。屋外的水龙头边有一盆泡着准备洗的脏衣服和一袋洗衣粉，一看便知是他的牛仔裤。自然，我便走过去，蹲在那儿，开始专心专意搓洗。

可是在南方长大的我，居然不知道应把洗衣粉先用热水泡化了再洗衣服，在冰冷的水里，怎么也化不开的洗衣粉就像一颗颗粗粝的小沙子，把手掌划出了一道道小血口子，疼得我直倒吸气。

这时候大师哥回来了，正好看到狼狈的我，他愣住了，一把捧起我的手，不停呵暖气，还数落说："你怎么这么傻，谁让你洗的，你洗过吗，手冻成这样长冻疮了怎么办?"

那一刻，我一点也不觉得疼，只觉得我的手被大师哥握住了，好暖和啊。

那天晚上，大师哥来找我。我抬头看着他，他却回避我的目光，告诉我，他已经有女朋友了，在外校，所以我没见过，从高中时就在一起了。他还告诉我，在他心里我就像个小妹妹。他说这些的时候，眼睛一直看着远处，不看我。

我跑下楼见他的时候一直在抿着嘴笑，笑到最后，笑出两行泪，不小心流出来，我还在笑。

回到寝室，我在上铺辗转反侧，一夜未眠，清晨起来，豁然开朗。其实，我喜欢大师哥，并没有奢望让大师哥也喜欢我，我喜欢他就好了。

接下来的日子，我和大师哥之间像什么都不曾发生过似的，一如往常。

我们常常结伴出游，三五成群，他待我真如自家小妹，处处相让。我在学校碰到的所有鸡毛蒜皮的问题，都会跑去找他，他都能一一解决，甚至还帮我写过一篇中国革命史的期末作业，我塞给他一袋大白兔奶糖算是贿赂。

那些日子，我很快乐。

大师哥高我两届，第二年的暑假，他要毕业了。七月的校园，弥漫着桂花的甜香和小豆冰棍的清凉。我帮他整理行李，他也不再阻拦。我送他走，一路无言，大门口我俩默默地站了一会儿。我想，也许，他能拉拉我的手吧，也许，他会跟我说些什么吧，我静静地等着。

大师哥却用格外轻快的语气说："小妹儿笑一个。"他逗我，我气极，抬脸望他，深深一眼，不发一语转身离去，他在身后唤我，我也不理，反倒脚步越走越快。

待我停下，驻足回望，校门外，却早已人海茫茫，一时间，我泪流满腮……

接着在学校的两年，大师哥也常常回去，逢年过节我们也会不由分说地下一顿馆子。只不过在我心里，他只是我的大师哥了。

后来，我毕业离开，再后来，大师哥结婚成家，正直如他，自然生活得顺意美满。那个我生活了四年的城市，直至今日也没有机会回去。

而今我早已失去了当年毫不掩饰的勇气，甚至还会故作老成和超然，不过我晓得，在我心深处，依然相信和期待，这个世界上，有所谓爱情这样东西的存在。

心香一瓣

大学里，很多人都会为自己树立一个奋斗的榜样。师哥、师姐，曾经带给我们多少对于大学生活和人生的憧憬……

在终将逝去的青春里，邂逅一份纯真的感情，能说不是人生的一种莫大的幸福吗？

多年以后，当我们再回首，虽然已物是人非，但当初的那份纯真、那种冲动，却依然会清晰地浮现在脑海里。

谁说真挚的情谊一定要两个人在一起天长地久地守候？将那份朦胧的情愫，珍藏在心底，不也是人生一种美好的回忆吗？

[作者简介]

沈星（1978— ），节目主持人。华中师范大学中文系毕业后，在北京电视台主持《魅力前线》，后转入凤凰卫视，先后主持了《娱乐大风暴》、《美女私房菜》、《音乐中国风》等栏目。

忆清华园的音乐生活（节选）

茅　沅

清华的精神和传统教我育我，让我知道如何为学、如何为人。作为一个清华人，我永远感到无比的光荣和骄傲。

我自幼喜爱音乐。中学毕业后若照自己的爱好理应进大学专习音乐，然而当时在我的思想中总觉得靠音乐可能没有饭吃，于是就选择了学科技的道路。1945年考入辅仁大学化学系。一年后，抗战胜利，清华复校，我又考入清华大学电机系，后转入土木系。1950年毕业。

清华没有音乐系，但对学生的音乐活动很重视。复校后成立了音乐室，由张肖虎先生任导师。音乐室设立在一座灰砖二层建筑里，地点在化学馆之西，故名“化西楼”，俗称“灰楼”（现已拆除)。在张肖虎先生精心安排下，音乐室成立了军乐队、管弦乐队、合唱团、民乐团等，开办了钢琴、小提琴、声乐等课。音乐室的教师有姚锦新、戴世铨、王震寰、李致中、赵行达、刘光亚、阎铭等，并请来校外音乐专家沈湘、老志诚、关紫翔、库布卡、祁玉珍、斯塔维斯基等任教，逐渐形成规模。各音乐团体排练出不少节目，在校内大礼堂以及北平城里演出音乐会多次。那时候被称为文化故都的北平，除清华大学的管弦乐队之外没有第二家了。乐队排练演出过海顿的第49交响乐《警愕》、舒伯特的《未完成交响乐》、莫扎特的第23钢琴协奏曲（由我主奏钢琴)、贝多芬的第五钢琴协奏曲（资中筠主奏钢琴）等。张肖虎先生极力提倡民族音乐，故而合唱团除西洋名曲外多演唱中国作曲家的作品，尤其是清华校友的作品，如黄自的《长恨歌》、《旗正飘飘》，赵元任的《教我如何不想她》等。黄自、赵元任都是清华早期校友，而张肖虎先生则是清华土木系37级毕业，而后转做音乐工作，在这一点上我似乎步了张先生的后尘。张肖虎先生有着很深的音乐文化修养，在理论、作曲、指挥等方面均有颇高的成就，为中国的音乐教育事业倾尽了毕生的精力。他非常希望能在清华成立一个音乐系，但终未如愿。

1949年夏，他离校去师范大学音乐系任教，并推荐陆以循先生接任音乐室导师。陆先生也是清华校友，小提琴造诣很高。我虽然未直接受业于张肖虎先生，但参加了他指导的一些音乐活动，从中受益匪浅。我还有幸请他改过我的音乐习作，虽然仅一两次，但都给我极大的启发。姚锦新先生早年毕业于清华，后去德国、美国留学多年，1947 年回国在清华西语系教德文，同时在音乐室教钢琴。很幸运我是她的学生之一。姚先生教授的钢琴技法与我以前的奥地利教师教的方法相通且更系统化。姚锦新先生教课极其认真，每堂课都超过两小时。我师从姚先生不到一年，仅很严格地学了一首曲子，然而所给我的教益却是受惠终身的。

军乐队在清华是最有传统的。复课后军乐队重建是由韩德章先生（清华农学院教授）任指导。他亲自编写乐谱，由简到繁，为军乐队打下良好的基础。管乐器的个别授课则由刘光亚、赵行达两位先生担任。在校庆、运动会、庆祝解放进城宣传、开国大典、五四青年节去天安门游行等许多活动中，都有军乐队参加。解放后每周在大礼堂上大课，军乐队坐在台上，课前课中吹奏助兴，很受同学们欢迎。1949 年刘光亚先生离开清华，我曾暂代指挥。1950 年后，学校请来周乃森先生，他是军乐专家，在校 40 余年苦心经营，使清华军乐队的水平大大提高，发展得极为可观。这是后话。

当年在清华有许多文艺社团。我们爱好音乐的清华人组织了一个社团“清华音乐联谊会”，联谊会有一首会歌由陈平（哲学系）作曲，由我填词，歌词如下：“愿大家同学习，愿歌声同普及，愿音乐若家庭，你我姐妹兄弟。”联谊会举办过许多活动，如约请校外音乐家来校开音乐会，教唱歌，为话剧配乐（记得有一次是西语系同学排演英语话剧，英若诚担任主角之一），甚至奏结婚进行曲（李国鼎先生结婚时就是约我们演奏的）。特别值得提及的是，音乐联谊会组织每周一次的音乐欣赏，请温德教授（Winter）讲解。温德先生是西语系教授，终身未娶，音乐知识丰富，家中唱片很多。每周一个晚上我们聚会在温德先生家里，先听他讲解，再欣赏音乐。我的许多音乐知识都是从这每周一次的音乐欣赏中得来的。

古人云："以文会友。"音乐也是如此，有极大的凝聚力。我们当年一同搞音乐的部分在京校友，每逢校庆总要在清华相聚一次。1991年母校80周年校庆，大家在音乐室的一间大教室里（原校医院旧址）举行了小型音乐会，吹、拉、弹、唱，豪情不减当年。晚上在大礼堂举行80周年校庆演出，最后一个节目由清华管弦乐队演奏我写的《瑶族舞曲》，并由我亲自指挥。这时的乐队阵容、技术水平较之当年我在校时的乐队已大大超过了。童诗白（电机系）、虞锦文（建筑系）、苏其圣（体育部）等几位当年的老乐队队员，此时均已年逾花甲、白发苍苍，也登台参加演奏。此情此景怎不令人激动万分。

近50年的岁月在风风雨雨中过去了，很惭愧在音乐领域没有做出卓越的贡献。原因是多方面的：客观上历次政治运动文艺界都是重灾区，所受干扰和损失最大，"文革"期间就更不用说了。主观上自己不够努力，不够勤奋是主要原因。有人说我放弃了所学专业改行去搞音乐是个错误，可是我始终不悔。惟一遗憾的是由于改行，我疏远了曾经谆谆教我的师长和同班同学。现在大家都年逾古稀，怀旧之情油然而生。清华的精神和传统教我育我，让我知道如何为学、如何为人。作为一个清华人，我永远感到无比的光荣和骄傲。

心香一瓣

恰同学少年，风华正茂。谁没有激情澎湃的时刻？谁不曾有过对梦的执着追求？

五彩缤纷的校园生活，点缀了我们关于求学时代色彩斑斓的回忆。

与那些可爱的同学、敬爱的师长朝夕相处的日子，编织了我们关于青春岁月的难忘记忆。

再回首，往事如梦。朝花夕拾，从岁月长河中打捞起那些斑驳的记忆碎片，珍藏在心中，也是人生的一种幸福。

「作者简介」

茅沅（1926- ），原籍山东济南，生于北京，1950 年毕业于清华大学土木工程系。自幼喜爱音乐，1951 年起从事音乐工作，成名作是与刘铁山合作的《瑶族舞曲》。其代表作品还有歌剧《刘胡兰》（与陈紫等合作）、《南海长城》、《王昭君》等，舞剧《宁死不屈》、《敦煌的故事》，小提琴曲《新春乐》。

恺悌君子，教之诲之（节选）

——张岱年先生与我的求学时代

陈　来

张先生的这一类对学生或后辈的照顾，曾施之于很多人，充分体现了老一辈学者对学生后辈的关爱，在学界广为人知，在这里就不详列举了。

二

一九八一年秋毕业，本专业同学中只有我留校任教。当时张先生让我开外系的“中国哲学史”课程，并给我一年的时间备课。我大概用了半年时间，已经大体准备好。后来讲课的情况尚好，张先生还介绍刘鄂培同志来听我的课。一九八二年春夏，我因备课已经有了规模，就继续我的朱子研究。在资料问题上，我遇到疑难处，也常常会去问张先生。还在一九八一年春天，我一次去问张先生，侯外庐等的《中国思想通史》中引用朱子“理生气也”的一段话，我在《语类》和《文集》中都没有看到，不知其原始出处在哪里。张先生说这以前大家都没注意，你再找找。过了两星期仍寻找未到，我又到冯友兰先生家去问，冯先生说，前几天张先生还说起，不知道这段话出在哪里。可见张先生还为此事帮我问了冯先生，我心里很感激。一九八二年四月前后我在张先生家谈话，问张先生，张载“心统性情”的话，朱熹每喜引用，其原始出处到底在哪里？我问这类问题，目的是找到语录对话的原始语境和连贯论述，以便准确了解这些话的哲学意义。张先生说：“可能出于其《孟子说》，但《孟子说》已经不存，你可以再找找，比如《宋四子抄释》里面的《张子抄释》，看看能不能找到。”于是我就到北京图书馆善本室去查，看了几天，在《张子抄释》中没有找到“心统性情”。但我在顺便翻《朱子抄释》的时候却找到了“理生气也”的出处，于是结合《语类》朝鲜古写本序的线索写了一篇文章。张先生看到我把问题解决了，便很快为之推荐到《中国哲学史研究》，在一九八三年发表。这篇小文章，颇受到国际学界前辈陈荣捷先生、山井涌先生的注意和好评。

在北图找“心统性情”的时候，因看到《张载集》中“张子语录跋”提及“鸣道集本”，便问张先生是否要去看看，张先生说“其书全名是《诸儒鸣道集》，在北京图书馆，你可以去查查”，于是我就在北图将《诸儒鸣道集》通看一遍，虽然没有查到“心统性情”，但也有收获。由于北图的本子是影宋本，上海图书馆则藏有宋本，我也曾写信到上图询问宋本的序跋情况。情况摸了一遍以后向张先生报告，张先生要我写成文章，经张先生看过，后来发表在《北京大学学报》上。我还记得，文中所引黄壮猷的序，原文“时”字是用的讹字，我不认识，也没去查字典，就照抄录下，是张先生将这个字改为通用字，以后我才认得这个字。一九八六年初，一次在从香山回来的汽车上，杜维明先生说上海图书馆向他介绍《诸儒鸣道集》，他觉得很有价值。张先生即说：“陈来已经写了文章了。”后来杜先生要我把文章影印给哈佛燕京图书馆吴文津先生，要燕京图书馆购藏此书。从以上这些事情可知，我早年的学术发展与活动，多与张先生的指引有关。

四

在读博士生期间，张先生也曾要我们帮他写文章。这类文章的情形是这样：张先生已经就此题目写过论文，但刊物索稿太多，故张先生要我们照他已发表的论文的意思，再重写一遍。其中也含有锻炼我们的意思。如一九八三年张先生要我替他写一篇方以智的论文，拿他在天津师范学院学报的文章的意思改写一下。我从张先生那借了《东西均》，细读一过，有了些自己的看法和理解，于是在文章的前面全用张先生的意思讲《物理小识》，中间论《东西均》核心思想的地方都加用了我的分析。张先生不仅未加否定，将文章径拿给《江淮论坛》发表了，而且署的是张先生和我两人的名字。此外，张先生把稿费也全部给了我。那时，我们的名字能和先生的名字并立发表，这已经是不敢想的事，而稿费也交由我们“独吞”，这更可见先生对我们的照顾。张先生的这一类对学生或后辈的照顾，曾施之于很多人，充分体现了老一辈学者对学生后辈的关爱，在学界广为人知，在这里就不详列举了。

在学术上张先生更是主动为我们着想。一九八四年一次在香山开会，杨曾文同志跟张先生说起，一位美籍学者的文章说国内一个同志发现了朱子语录的资料，我当时随侍张先生旁边，张先生右手一指我说“那就是他呀！”也是在这次会上，张先生主动向中国社会科学出版社的黄德志女士推荐我尚未写完的博士论文到该社出版。当时青年学者出书甚难，我的书能在中国社会科学出版社出版，其最初始和最根本的启动力量就是来自张先生的主动推荐。到了一九八五年，我们第一届博士生通过博士论文答辩，两个月后，未等我们去请序，张先生已经主动帮我们写好了序，把我们叫到家中交给我们，并且带着比较满意的心情说：“你们现在都能自立了。”这既是对我们的能力和已经取得的成绩的肯定，也表示了圆满完成了对我们的培养工作的欣慰。我当时想，此前都是在先生的翼护下发展，今后我们要独立发展，迈入个人成长的新的阶段。所以，我在一九八五年九月写了《熊十力哲学的体用论》并请张先生阅正，张先生肯定了我把熊与斯宾诺莎的比较，但在最后加了一句话“熊氏未必研究过斯宾诺莎哲学，但基本观点确有相近之处”，使得论点更为严谨。从那以后，我就没有再请张先生为我阅改、推荐作品了。

我那时很乐意帮张先生做事，张先生也有时给我些小任务。比如一九八四年冬天，一位同志把他的有关朱熹事迹考的书稿寄给张先生审看，张先生就让我来看，我看后举列了书稿中的十几处错误，交给张先生。一九八五年他要去上海开会，讨论《中国哲学辞典》，他就要我先看看，有什么问题；我就翻一遍，挑出一些错误或不足之处，写在纸上，交给张先生备用。我也替张先生给青年学生回过信，据现在浙江大学任教的何俊同志说，一九八六年他收到了张先生的回信，看笔迹似乎就是我写的。

五

一九八五年夏天我顺利通过答辩，获得博士学位，重回系里教书。在教课之外，教研室安排我作冯友兰先生的助手，此前是李中华作了两年。我在作研究生时便曾几次拜访过冯先生，这次是中华带我去并正式介绍给冯先生作助手，宗璞还特地问我："你愿意来吧？"初次和冯先生谈工作，冯先生让我把他刚写就的书稿拿回去看，提意见。第二次去时，我就向冯先生谈我的意见。过了一阵子，在图书馆前碰到张先生，张先生说："冯先生说'陈来到底是个博士！'"看样子张先生刚从冯家出来。知道冯先生对我的肯定，张先生也颇为满意，要我好好给冯先生帮忙。这年秋天，张先生召集方立天、程宜山、刘笑敢和我四人到他家，说罗素写了《西方的智慧》，我们可以写一本《中国的智慧》。这是我参加撰写由张先生主编的第一本书。分工后各自负责，我承担的宋明部分都是我在一九八六年春夏学期一边教中国哲学史课一边写出来的，所以我的课实际是按我写的《智慧》的部分讲的。写好初稿后交张先生，我写的部分里，张载的一篇，张先生批了好几处“很好”，其他各章好像最多只有“好”，没有“很好”。张载是张先生的专门，张载的一章能得到张先生的“很好”肯定，那就已经很满足了。大概在一九八六年的时候，张先生还要我参加他主编的《中国伦理学史》的写作，在教研室开的会，张先生还说：“陈来对伦理学有体会，他的第一篇文章就是谈伦理学的。”这指的就是我在报考研究生时寄给张先生的文章，其实这篇文章张先生一九七九年夏天已还给我，张先生在多年后仍然记得我的习作，而且给我以鼓励，张先生对学生的这种鼓励提携，是令我永远难忘的。只是我在一九八六年赴美，以后并未参加此书的写作，而赴美的推荐信仍然是张先生写的。我赴美后，我内人曾代我去看望张先生，结果张先生在我内人面前把我对朱熹的研究大大表扬一番，甚至说了“朱熹研究，世界第一”的话，这对于我是很意外的，从这里也可以看出张先生教人的特点。

心香一瓣

从张岱年先生等老一辈著名学者身上，我们看到了一种严谨求实、兢兢业业的治学态度，看到了一种甘为人梯、提携后学的无私奉献精神。

薪火相传的精神、教学相长的乐趣，使得原本充满艰辛与枯燥、孤寂与争议的学术研究呈现出一种温馨向上的活力。处处是思维火花的碰撞，处处是探索发现的新奇，让人振奋，令人向往。

英国哲学家怀特说："教育的全部目的，就是使人拥有活跃的智慧。"无论对于师者还是学生，这种相互鼓励与学习的精神，都是应该倡导并实践的。

作者简介

陈来（1952— ），北京人，北京大学哲学系教授，当代著名哲学史家。曾师从张岱年先生，主要研究方向为儒家哲学、宋元明清理学。

耶鲁与哈佛

孙康宜

真正的对手乃是真正的朋友。对手与对手之间的竞赛其实是提高双方水平的一种游戏，所以耶鲁与哈佛长年来的互相较劲，无形中使得双方的实力都愈加雄厚。

在美国，耶鲁与哈佛之间的互相较劲一直是个有趣的话题。每年从学校排行到橄榄球赛，两者都企图在剧烈的竞赛中幸运地获得首奖。一到春季，最热烈的比赛当然要算争取杰出新生入学的机会。据统计，一般最为优秀的申请者都同时得到这两所大学的入学许可，因此哪些学生决定上哈佛、哪些学生决定上耶鲁就自然成了两校的关切点。近年来这两个学校又多了几个新的竞争对象，例如普林斯顿大学曾压倒两校独获排行首位；西岸的史丹福大学日渐崛起，乃至克林顿总统的女儿切尔西宁愿选择史丹福而放弃耶鲁与哈佛。然而，即使如此，人们还是继续把哈佛与耶鲁看成两个首位的竞争者，因为许多历史因素支配着这两所大学长期以来的密切关系以及它们之所以成为强大对手的背景。

首先，这两所学校是美国最古老的大学；哈佛创校于一六三六年，耶鲁创校于一七〇一年。在很长的一段时期，美国境内只有这两所大学（一直到一七四〇年以后才有宾夕法尼亚、普林斯顿、哥伦比亚等“长春藤盟校”的陆续成立）。有趣的是，哈佛与耶鲁不仅拥有“兄弟”的名位（按年代，前者为“长春藤老大”，后者为“长春藤老二”），而且，还有“父子”的关系，因为耶鲁大学的创校人是几个哈佛大学的校友。这些校友在某种程度上是属“叛逆”的儿辈。他们对哈佛大学的教育方向感到不满——认为母校所传授的“神学”不够纯正——所以希望在自己的家乡（这些校友均来自康州）另建大学。经过许多年的努力筹备，“耶鲁”大学才终于成立。但当初学校还只是规模甚小的学院，真正的扩展要等到一七一六年由塞布如克迁至纽黑文以后。

作为哈佛的对立面的耶鲁，在许多方面都希望能建立一个新的独立传统。所谓“耶鲁精神”至今仍被理解为一种为争取个体的独立、为维护学术自主，即使付出代价也在所不惜的精神。这样的精神可以说与美国当初的立国精神十分吻合。然而，耶鲁多年来所坚持的这种固执原则，虽然使其获得美名，另一方面却也造成经济上极大的损失。例如，六十年代越战期间，美国政府下令：凡是“Conscientious Objectors”（即自称以道德或宗教理由反战者）一律不准领取奖学金的资助。当时美国诸名校——包括哈佛及普林斯顿——全都遵照政府的指示行事。惟独耶鲁坚守学术独立的一贯作风，仍继续以申请者的成绩为考虑奖学金的惟一原则，完全漠视政府的规定。结果，耶鲁因此失去了来自联邦政府的一大笔基金，经济上几度陷入困境。虽然如此，当时的耶鲁校长金曼·布鲁斯特却成了一般知识分子心目中的英雄。至今许多人仍念念不忘他当时所说的一段话：

“最终一般社会上的人士将会了解：只有在学校拥有全部的自治权利、每个教师及学者皆有研究自由的条件下，整个社会才会有完全的自由与平等；而这也正是耶鲁的真正完整精神所在。”

在耶鲁的历史上，布鲁斯特永远占有很重要的地位（他于一九七七年退休，一九八六年逝世于伦敦）。后来的耶鲁校长嘉马地曾称赞他为“当年最伟大的校长，或许也是人类有史以来最伟大的一位。因为他具有超人的智慧和勇气……”

值得注意的是，布鲁斯特校长也赢得了哈佛人士的肯定。其中尤以哈佛校长巴克在布鲁斯特葬礼中的发言最为中肯：

“身为耶鲁校长，他赢得了我们所有当校长的人的尊敬。我敬佩他，尤其因为他很成功地提升了他的大学的学术品质；对于他在混乱的六十年代后期能够领导耶鲁顺利地过关一事，我感到敬畏——可以说，那种领导作风和那种杰出表现是其他学校比不上的……”

此事说明，真正的对手乃是真正的朋友。对手与对手之间的竞赛其实是提高双方水平的一种游戏，所以耶鲁与哈佛长年来的互相较劲，无形中使得双方的实力都愈加雄厚（其实，近年来这两个学校已与普林斯顿成了“三国鼎立”的形势，而互相的竞赛已成了“三巨头”的较量）。可以说，这种学校与学校之间的较量正象征了民主社会中个体的健康发展：在民主社会中，任何人或任何团体都不能处于独霸的地位，人人都必须学会容忍对手，与对手在竞争的情况下共存的风度。任何学术上或政治上的垄断都会使人性的负面价值逐渐地膨胀起来。所以，在美国真正有实力的人都希望拥有一个表现不同声音的对手。同理，自始以来，哈佛就对那代表不同声音的“后起之秀”耶鲁持竞争而友好的态度。

另一方面，这两所美国最老的大学之所以长期成为对手，乃因为他们在“不同”之中又有许多“同”的因素——惟其“异中有同”才更增加彼此的竞争心态。首先，两个学校当初创校的宗旨都为了培养神职人员，但后来逐渐在适应社会需求的过程中向通才教育的方向发展。其次，两校都以领导潮流、努力创新而著名——在这一方面，哈佛尤以商学及政治学领先；耶鲁则在文学、戏剧、音乐方面别开天地。至于医学院及法学院，两校皆以实力深厚著名。此外，两校都出过不少美国总统：前者如肯尼迪总统，后者如布什总统及现任的克林顿总统。比起贵族气较重的普林斯顿，这两所大学的校风似乎较为民主化——从前普林斯顿的学生常带私自的奴仆一起上学，但哈佛和耶鲁反对这种作风。当然学校的校风是一直在变化的；最近普林斯顿增设许多专给贫穷学生的奖学金，令其他长春藤盟校争先效法。总的说来，哈佛与耶鲁有许多方向一致的地方。最明显的是，两校都主张，求学与现实世界不可分割，因此不管在哈佛还是耶鲁，学校的校园和市区的街道打成一片，难以分辨。有时看见一座具有古老欧洲风味的建筑物，被有点剥落颓败不太起眼的小商店包围着，会给人一种不太协调和美中不足的印象。记得当初刚转到耶鲁来的时候，我很不习惯这种没有界线的校园，因为许多年一直在母校普林斯顿的幽静象牙塔中做研究，很难立刻适应另一种较为复杂而喧闹的环境。然而，十多年来，我开始喜欢上这种没有校门的校园。我喜欢走在街上，用欣赏的眼光来观看周遭的建筑物与行人；行步之间我尤其喜欢那种类似“无名氏”的感觉。学校很大，街道上人很多，没人知道我是谁。那种感觉很好。

我认为在耶鲁和哈佛，最大的奢侈就是：虽然走在举世闻名的校园中，却能享受“无名”的自由。那是一种驰骋想象的自由，也是一种随时随地不断品味、不断发现的自由。

心香一瓣

作为世界顶尖级的名校，耶鲁与哈佛是无数莘莘学子向往的求学圣地，它们之间也始终存在着激烈的竞争。但“竞争”在这里发挥的是积极的作用：“你追我赶”中，两者的创新力和影响力都得到了提高。

反观当下的中国教育，小学和中学之间比的是升学率，大学之间比的是就业率，整体教育质量让人隐忧，很多学生也成为这种竞争制度下的牺牲品。

只有给予学生自由、民主的成长空间，才能激发出其创造活力，挖掘出其潜能，培养出更多适应时代需要的人才。中国的学校，不妨向耶鲁、哈佛学习一下，“不拘一格降人才”。

[作者简介]

孙康宜（1944— ），祖籍天津，生于北京，台湾东海大学外文系毕业，后进入台湾大学攻读美国文学。1968年到美国留学，先后获图书馆学、英国文学、东亚研究等硕士学位，1978年获普林斯顿大学文学博士学位。曾任普林斯顿大学葛斯德东方图书馆馆长，现任耶鲁大学东亚语言文学系教授和东亚研究所主任。她的研究领域跨越中国古典文学、传统女性文学、比较诗学、文学批评、性别研究、释经学、文化美学等多个领域。

牛津的书虫

许地山

但是要做书虫，在现在的世界本不容易。须要具足五个条件才可以。五件者：第一要身体康健；第二要家道丰裕；第三要事业清闲；第四要志趣淡薄；第五要宿慧超越。

牛津实在是学者的学国，我在此地两年的生活尽用于波德林图书馆，印度学院，阿克关屋（社会人类学讲室），及曼斯斐尔学院中，竟不觉归期已近。

同学们每叫我做“书虫”，定蜀尝鄙夷地说我于每谈论中，不上三句话，便要引经据典，“真正死路”！刘锴说：“你成日读书，睇读死你嚟呀！”书虫诚然是无用的东西，但读书读到死，是我所乐为。假使我的财力、事业能够容允我，我诚愿在牛津做一辈子的书虫。

我在幼时已决心为书虫生活。自破笔受业直到如今，二十五年间未尝变志。但是要做书虫，在现在的世界本不容易。须要具足五个条件才可以。五件者：第一要身体康健；第二要家道丰裕；第三要事业清闲；第四要志趣淡薄；第五要宿慧超越。我于此五件，一无所有！故我以十年之功只当他人一夕之业。于诸学问、途径还未看得清楚，何敢希望登堂入室？但我并不因我的资质与境遇而灰心，我还是抱着读得一日便得一日之益的心志。

为学有三条路向：一是深思，二是多闻，三是能干。第一途是做成思想家的路向；第二是学者；第三是事业家。这三种人同是为学，而其对于同一对象的理解则不一致。譬如有人在居庸关下偶然捡起一块石头，一个思想家要想他怎样会在那里，怎样被人捡起来，和他的存在意义。若是一个地质学者，他对于那石头便从地质方面源源本本地说。若是一个历史学者，他便要探求那石与过去史实有无关系。若是一个事业家，他只想着要怎样利用石而已。三途之中，以多闻为本。我邦先贤教人以“博闻强记”，及教人“不学而好思，虽知不广”的话，真可谓得学之正谊。但在现在的世界，能专一途的很少。因为生活上等等的压迫，及种种知识上的需要，使人难为纯粹的思想家或事业家。假使苏格拉底生于今日的希腊，他难免也要写几篇关于近东问题的论文投到报馆里去卖几个钱。他也得懂得一点汽车、无线电的使用方法。也许他会把钱财存在银行里。这并不是因为“人心不古”，乃是因为人事不古。近代人需要等等知识为生活的资助，大势所趋，必不能在短期间产生纯粹的或深邃的专家。故为学要先多能，然后专政，庶几可以自存，可以有所贡献。吾人生于今日，对于学问。专既难能，博又不易，所以应于上列三途中至少要兼二程。

兼多闻与深思者为文学家。兼多闻与能干者为科学家。就是说一个人具有学者与思想家的才能，便是文学家；具有学者与专业家的才能，便是科学家。文学家与科学家同要具学者的资格所不同者，一是偏于理解，一是偏于作用，一是修文，一是格物（自然我所用科学家与文学家的名字是广义的）。进一步说，舍多闻既不能有深思，亦不能生能干，所以多闻是为学根本。多闻多见为学者应有的事情，如人能够做到，才算得过着书虫的生活。当彷徨于学问的歧途时，若不能早自决断该向哪一条路走去，他的学业必致如荒漠的砂粒，既不能长育生灵，又不堪制作器用。即使他能下笔千言，必无一字可取。纵使他能临事多谋，必无一策能成。我邦学者，每不擅于过书虫生活，在歧途上既不能慎自抉择，复不虚心求教；过得去时，便充名士；过不去时，就变劣绅，所以我觉得留学而学普通知识，是一个民族最羞耻的事情。

我每觉得我们中间真正的书虫太少了。这是因为我们当学生的多半穷乏，急于谋生，不能具足上说五种求学条件所致。从前生活简单，旧式书院未变学堂的时代，还可以希望从领膏火费的生员中造成一二。至于今日的官费生或公费生，多半是虚掷时间和金钱的。这样的光景在留学界中更为显然。

牛津的书虫很多，各人都能利用他的机会去钻研，对于有学无财的人，各学院尽予津贴，未卒业者为“津贴生”，已卒业者为

“特待校友”，特待校友中有一辈以读书为职业的。要有这样的待遇，然后可产出高等学者。在今日的中国要靠著作度日是绝对不可能的。因社会程度过低，还养不起著作家。——所以著作家的生活与地位在他国是了不得，在我国是不得了！著作家还养不起，何况能养在大学里以读书为生的书虫？这也许就是中国的“知识阶级”不打而自倒的原因。

……

心香一瓣

现代社会，有多少人能够静下心来做一只书虫？

没钱，没闲，对于每天为生计而忙碌的人们来说，读书或者沦为不值一提的事，或者成为一个奢望。

在图书市场繁荣的今天，国民阅读率却一直令人堪忧，鲜明的反差，不能不让我们扪心自问：我们的精神世界丰富、充实吗？

读书，还是国民素质提高的重要途径。而国民素质的高低，决定了一个民族竞争力的强弱。只有热爱读书的民族，才会有希望。

所以，我们的社会需要在经济、文化等方面创造良好的条件，培养大批能用知识为社会创造财富的“书虫”。

作者简介

许地山（1893—1941），现代作家、学者。我国早期新文学团体文学研究会发起人之一，曾与瞿秋白、郑振铎等人联合主办《新社会》旬刊。“五·四”前后从事文学活动，后转入英国牛津大学曼斯菲尔学院研究宗教学、印度哲学、梵文等。1935 年应聘为香港大学文学院主任教授。在港期间曾兼任香港中英文化协会主席。一生著作颇多，代表作有《空山灵雨》、《缀网劳蛛》等。

敬启

在本书编著的过程中，我们积极联系广大作者，也得到了绝大部分作者的同意，在此我们表示衷心的感谢。但由于种种原因，尚有少数著作权人未能取得联系，请原著作权人见到本书后，联系010—59767135，我们将按照国家相关规定支付稿酬。

本书所涉部分作品版权由中国文字著作权协会代理，地址：北京市朝阳区京广中心商务楼四层，邮编：100020，电话：010—65978906，传真：65978926。Email：chinacopyright@yahoo.cn